我們的第一次

2010 年 2 月 23 日至 3 月 3 日於義大利，
世界盃室內拔河錦標賽，一切從這場比賽開始～
挑戰，成為我們的使命與責任。

我們第一次出國比賽，第一次獲得國際比賽冠軍。

上場前的等待。

比賽開始。

當出國比賽，我們就代表台灣。

在比賽時，耳中只聽得到教練的聲音。

我們的成長

在練習的過程中，或許很辛苦，或許很孤獨，
但這是一個團隊，少一個都不行。

2010 年第一次參加國際性室外賽，和高大的歐洲人拉鋸，居然贏了。

郭老、拔河機與女孩們。

跌倒再爬起來就好。

每次上場前都需要用砂紙磨鞋底，以免打滑。

2011 年歐洲盃，比賽前的過磅。

2011 年歐洲盃室外賽泥濘的土地。

平時的重量訓練。

2011 年歐洲盃，電視牆上的我們。

2011 年受邀到甘肅參加治力關盃。

夥伴情誼是我們前進的動力。

「繭」是我們的保護色。

我們的榮耀

冠軍的榮耀只是一瞬間，之前努力的過程、之後壓力的轉換，才是我們從拔河中真正學習到的事。

2010年世界盃室外拔河錦標賽，於南非。

2010年亞洲盃室內拔河錦標賽，於韓國。

2011年歐洲盃室外拔河錦標賽比賽看板，於英國。

2012年世界盃室外拔河錦標賽，於瑞士。

2012年世界盃室內拔河錦標賽，於蘇格蘭。

臺灣之光
暢銷增訂版

景美拔河隊從
51座國際賽事冠軍盃中
教我們的24件事

不放手 直到夢想到手

繩力女孩說：從小，我學過很多東西，每一樣都中途放棄，唯有「拔河」，我如今還握著。
郭老說：努力去做，做到最好，才會從零到有。我們不能預計別人有多強，但我們能掌控的是自己。

一群只能握住繩子、不能放手的女孩，
一位總是大聲斥喝、凡事都管的教練，
一段充滿志氣、凝聚與希望的黃金歲月。

景美女中拔河隊 著

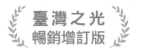

推薦序

爲希望而堅持・爲夢想而奮鬥

有一種病毒的名字叫做「堅持」，一旦染上就會無可救藥的往前邁進；有一種氣體的名字叫「勇氣」，具備這樣的氣，雖面對強敵，仍有無懼的氣勢；有一種溫度的名字叫「態度」，從練習到比賽，都可以發現到這群女孩子們認眞的表現。從這群認眞執著的女孩子身上，可以發現這三種特質。

沒有痛苦挖空心靈，何來快樂填滿心中

眞正認識這群女孩子的時刻，是受邀擔任領隊，前往甘肅參加冶力關盃室內拔河邀請賽，從此與拔河運動結下了不解之緣，也因此有機會與她們一起見證，二〇一二年二月份在蘇格蘭世界盃室內女子拔河錦標賽，及二〇一二年九月份在瑞士世界盃室外女子拔河錦標賽等多項冠軍。這都是很難達到

的成就，沒有過人的意志力，忍人所不能忍，是無法成就今日的榮耀。

拔河讓人生更豐富，生命更精彩

在不到三年的時間，這群認眞吃苦的孩子竟然得到十五座國際賽的冠軍獎盃，這是體育運動很難超越的成就，實在令人驚艷與敬佩。她們爲拔河運動所付出的一切，不僅爲國家爭取了榮耀，也豐富了自己的人生。希望他們能帶著這份得來不易的成果，用自信的態度去面對未來的人生，相信以這樣的成果，必定讓生命更加精彩；用這樣的態度去面對未來，人生一定更加璀璨。

因爲拔河的機緣，得以認識辦學認眞，對拔河隊學生關懷備至的林麗華校長、奉獻全部時間給拔河隊的郭昇教練，以及許多出錢出力的社會賢達，對於他們的付出，心中充滿感動。値此書付梓之際，本人樂爲之序，並邀請大家一起當拔河隊的貴人。

張少熙（本文作者爲國立臺灣師範大學體育學系教授）

推薦序
撐到最後就是贏家

很高興聽到郭教練和景美女中拔河隊要出書了，這位鐵血教練眞是非常了不起，帶領著這群孩子訓練、出賽、拿金牌，更重要的是他幫這群孩子找到自我的價值。

在二〇一〇年看到中華臺北的女子拔河隊拿下世界冠軍，當下感動非常，同時也產生了許多的問號？是什麼樣的女孩這麼厲害？她們是怎麼辦到的？

一群十七八歲的女孩，不正是花樣年華、忙著打扮比美的年紀嗎？可是他們卻選擇用這段最青春美麗的時期來練拔河，不但不能瘦還要增胖，手還得搞到破皮長繭，目的只有一個，就是出國參加世界比賽。

「我們的社會好久沒這麼感動過了，拔河代表著團結的精神，這群女孩子這樣動人的故事一定得記錄下來，我要把他們的故事拍成電影。」我心裡這樣默默想著。

我把想法具體化，向景美女中校方表達我的意願，這個想法得到校長和教練的支持，從那時開始，我在旁邊看著這群勇敢的女生一趟一趟的訓練，大量的汗水在他們的身上乾了又溼、溼了又乾，每個同學都很認份接受嚴格的訓練，在做田野調查的過程裡，我對這群女孩更加敬佩了。

當我看到他們親筆寫下的文字時，我眞的再度感動了。

我強烈推薦大家要來分享她們對拔河對師長的情感。教練帶領著這群孩子努力「後退」，訓練是辛苦的，但她們不計較環境好壞，樂天知命，用自己的體能拚未來；這群努力的孩子用汗水、熱血爲自己打拚，也爲我們的國家拚出了金牌，拚出了榮耀！就如郭教練說的：「沒拚過怎麼知道自己行不行？拚了才知道你們的價值在哪裡！」

郭教練說拔河是誠實的運動，你練多少你的成績就多少，這是多麼高貴的啓示？拔河的團隊精神是一致的，大家同心協力認眞把繩子拉直，撐住不放，誰可以撐到最後誰就是贏家。

郭教練教給這群孩子的不只是拔河的技術，更是人生的道理，跟一時的比賽獎金相比，這些道理一輩子受用無窮。在景美女中拔河隊你看到的是一群有禮貌守規矩的孩子，看到這些同學的故事，我眞的敬佩她們的努力、她們的堅持、她們的不放棄，她們是日常生活中的溫馴小綿羊，同時也是拔河場上的狠角色，看看她們故事一定可以得到一些啓發。

認份不認命，自己的未來自己拚。

張柏瑞（本文作者爲電影《志氣》編劇及導演）

推薦序

拔河展現生命力量的無止境

拔河運動在我國民間及學校盛行許久，以往常被視爲以體重取勝，團隊趣味性高的活動。現代的八人制拔河運動，具有體重分級、規則明確、比賽節奏緩、敏捷自如之特色，以步上運動競技化，極具公平競爭的條件。它是運動項目中少有「以後退定勝負」的運動。

國際八人制拔河比賽，倡導於英國，曾於一九〇〇年第二屆奧運會中，列爲正式競賽項目。我國八人制拔河運動興起，亦有二十年了。經過「拔河之父」——吳文達先生，以及拔河愛好者的參與和努力，現在發展日趨穩定，也備受肯定，在國際拔河競賽舞台上，已佔有重要席位。眞的要謝謝大家的付出。

景美女中是所普通女子高中，拔河隊能在國內、國外總有良好表現，不只在技術上或態度中被肯定，仍是一直秉著德、智、體、群、美並重的教育理念所養成。尤其這些年，在國際競賽中，不論室內賽或室外賽，都是「以小搏大」，參與隊伍中，年齡最小、體型最小，但鬥志最高，連續在各樣拔河賽中榮獲冠軍，爲國爭光，讓大家刮目相看。經由媒體報導，引起全國民眾的注目，她們的奮鬥過程也讓報章雜誌、電視、電影所取材。

透過郭昇教練和學生們現身體驗，道出拔河運動中的酸、甜、苦、辣、及精神所在。它不僅是運動競賽，更是生命的蛻變。因著八人制拔河運動的各樣特性，展現出生命力量的無止境，沒有個人英雄，有的是責任、使命和榮譽。

本書是勵志書籍，不管是否參與拔河，相信它能帶給讀者無限的省思和激勵。

林柔里（本文作者爲景美女中拔河隊創隊教練）

改版推薦序

以愛相繫，拔出信心！

「有人攻勝孤身一人，若有二人便能抵擋他；三股合成的繩子不容易折斷。」（聖經傳道書四章十二節）

「我用慈繩愛索牽引他們……。」（聖經何西阿書十一章四節）

拔河運動是一項心靈契合的團體運動，隊伍中沒有耀眼的英雄明星，卻個個都不可或缺。景美女中拔河隊剛成立時，教練林柔里老師常常帶著選手到師大分部，與師大拔河隊一起練習，更爭取參加國際比賽的機會，獲得拔河協會創會的吳文達理事長資助，兩次前往日本參賽，精進技術與累積經驗，成為拔河運動高中女子組的常勝軍。景美的選手畢業後，進入師大繼續學業，組成師大景美拔河隊，參加國際賽事，實力更強，成績更加亮眼。

現任拔河隊教練郭昇老師對拔河的定義，認為拔河是一種不輸的運動。

景美女中拔河隊於二〇一〇年獲得國家代表權，二月首次代表國家參加在義大利的世界盃室內拔河錦標賽。在所有參賽的七個國家中，我們的體重最輕，年紀最小，身材最矮，也沒有參加世界盃的經驗，她們似乎難以奪冠。當進入冠亞軍決賽時，首局輸給身材高大的中國隊，郭昇教練沉穩的對選手說：「我們還有兩場要戰，我看到她們已經沒有力氣了，我們還有！」最後果眞逆轉勝，達成在世界盃室內拔河錦標賽鍍金的夢想。接著同年九月的南非世界盃室外拔河錦標賽，景美拔河隊也是第一次參加世界盃室外拔河賽，我們高中隊伍能夠脫穎而出奪得金牌，令世人刮目相看。二〇一二年二月蘇格蘭世界盃室內拔河錦標賽，奪得女子五百公斤級、五百四十公斤級雙料冠軍；二〇一二年九月瑞士世界盃室外拔河錦標賽，榮獲女子五百公斤級金牌、五百四十公斤級銀牌。

自二〇一〇年起，景美拔河隊與師大景美拔河隊每年征戰世界盃室內外拔河錦標賽，都獲得好成績。臺灣女子拔河隊二〇〇五年、二〇〇九的世運會都獲得金牌，景美拔河隊在二〇一三年、二〇一七年的世運會也衛冕成功，締造臺灣女子拔河隊參加世運會四連霸的紀錄。景美女中拔河隊成爲臺灣拔河的品牌，深植人心。

世事難料，二〇一八年七月十六日（一）當郭昇教練與他所喜愛的自行車隊，挑戰往合歡山高難度爬坡之行，途中酒駕者撞到車隊，領頭的郭昇被撞到山溝裡，頸脊嚴重受創，癱瘓昏迷送醫。命救回來了，全身癱瘓的嚴峻事實，卻難以承受。在醫療團隊、家人、學校師生、朋友、同學、選手……等，用盡心力照顧陪伴下，郭昇從手腳無知覺到有知覺，學習翻身、坐起、站立、行走。每個進展的行程極其緩慢，讓人沮喪焦慮，但確實有緩慢的進展。一年半的日子過去，郭昇不放棄任何治療和復健的機會，甚至練習過度導致肌肉拉傷，仍在醫護人員的照護下繼續復健。在淚水與汗水的交織下，郭昇的煎熬奮鬥，讓他終於再次回到熟悉的學校體育館。

「不放手」的拔河運動精神，「以愛相繫」的拔河核心價值，印證在郭昇教練身上，以及他身邊的親朋好友與選手中。郭昇的生活尚未能自理，復健的路還很漫長，因著信心、盼望，和天父上帝的憐憫與帶領，讓郭昇再次體會夢想仍然可以到手。我們期待在國際比賽場上，再次看到郭昇教練領軍作戰的身影。

選手們秀氣可愛的臉龐，對照她們長期磨練長繭龜裂的雙手，總是讓人驚訝。她們貼心有禮貌的舉止，讓人難以想像她們頂著三十八度烈陽揮汗苦練室外拔河的場景。無數的訓練與比賽，努力加上鍛鍊，打造了許多在世界室內與室外拔河錦標賽的雙料金牌成績。將近十年的日子，景美女中拔河隊繼續在創造紀錄；一年多復健的日子，郭昇也在寫人生從低谷再起的紀錄。拔河讓我們的生命更精采豐富，讓我們拔出信心，更能面對難以預料的挑戰與困境。

蔡三雄牧師（本文作者為郭昇教練的拔河啓蒙教練，前臺灣國家拔河代表隊總教練）

改版推薦序

拔河隊的事，就是我的事

本書再版，百感交集。

承蒙編輯給我機會，我用腦中精采回憶，整理這七年我與拔河隊的點滴。

二〇一三年一月九日：電影《志氣》板橋試映會，郭老與隊員，就坐在我隔壁。

二〇一三年一月二十三日：我隨《志氣》團隊與拔河隊，到高雄甲仙參加甲仙國小拔河隊活動。

二〇一三年二月一日：《志氣》包場，我邀請朋友一起看電影。

二〇一三年二月三日：《不放手，直到夢想到手》新書發表會，我擔任全國書展沙龍主持人。

二〇一三年三月二十日：郭老與兩位隊員，上我的廣播節目「憲上充電站」專訪。

二〇一三年九月十一日：郭老與隊員，第二次上我的廣播專訪。

二〇一四年六月三十日：發動多位義工，協助拔河隊與另外四個公益團體募款。

二〇一五年一月二十九日：前進景美女中，觀看女將集訓實況。

二〇一六年九月五日—十五日：全程自費，隨同男女國家隊前往北歐瑞典丹麥參加世界盃。

二〇一六年十一月九日：郭老與隊員，第三次上我的廣播專訪。

二〇一七年四月一日、六日：拔河隊兩度站台憲哥「翻轉人生的最後一哩路」全新專題演講。本演講以景美臺師大拔河聯隊故事為背景，開啟巡迴各大企業演講列車，三年來已有二十三場，聆聽觀眾超過三千人，郭老與隊員讓運動精神延續。

拔河隊的事，就是我的事。

我是先喜歡上拔河，再喜歡上景美臺師大聯隊，最後愛上郭昇的。

這整件事最吸引我的地方有三：

一、拔河運動的後退與團隊精神。

二、景美臺師大聯隊的低調質樸。

三、郭昇以身作則、親力親爲、凝聚團隊、堅定剛毅的帶領團隊翻轉人生，創造組織目標最大化的實戰故事。

我以郭昇這個朋友爲榮，我以這個團隊爲榮，我更以中華台北爲榮。

「人處高峰時：不放手，夢想到手；人處低谷時：退一步，海闊天空。」

「進退間，就是藝術，峰與谷，都有精彩。」

謝文憲（本文作者爲知名講師、作家、主持人）

自序
緊抓繩子，學會面對人生應有的「態度」

我與拔河這項運動共處十七年，擔任拔河隊教練也將近十四年了。這些年來，無論是我自己或學生，每天每天在練習場地、在運動場上，都與這條繩子爲伍。的確，拉拔河不能拉一輩子，但卻能在這過程學會做人處事的道理。

拔河能讓孩子們知道該如何的有禮貌、守規矩、知進退，也藉由拔河讓一些較爲弱勢的小孩慢慢找到興趣甚至專長。在一次又一次的練習中，不只能增進技能，同時也磨練心志；在多次挫折裡漸漸的培養不屈不撓的精神，也在多次的成功裡找回了她們原本該有的自信心。

這份自信與努力讓她們多次代表國家出賽，並一再讓高大的外國人折服，爲自己留下美好經歷，並締造臺灣甚至是亞洲拔河的新歷史。

從拔河隊組隊、集訓、參賽，完全呈現在景美師生的眼裡，讓她們清楚看到我們永不放棄的努力過程。這如同生命教育般的呈現，感動所有的師生，也藉由媒體的報導，感動了社會上更多人，也希望藉此讓社會有更多正向的力量。

出這一本書，是希望大家能藉由這些女孩們努力的過程，從逆境中找到通往成功之路。緊抓繩子，不僅能讓她們在拔河領域獲得世界冠軍，我更相信能讓她們學會面對人生應有的「態度」！

郭昇（本文作者爲景美女中拔河隊教練）

目錄

序篇　不放手，直到夢想到手

我們的學生只要一上場，就能激發出她們在拔河道上和對手決戰時堅強的鬥志，我敢說她們是用力在拔，是用命在拔。

PART 1 拔河繩上的希望

PART 3 破繭而出的冠軍

PART 5 握住繩子，緊抓出凝聚的力量 217

台北市立景美女中拔河隊
TAIPEI JINGMEI GIRLS HIGH SCHOOL GO! GO! GO!

序篇

謝謝校長為我們在外受了很多苦，籌備經費，沒有校長，沒有世界冠軍，今日我以景美為榮，來日景美以我為榮。

——景美女中拔河隊

這些孩子讓國外選手翹起大拇指說：Chinese Taipei is NO.1

我們的學生只要一上場，就能激發出她們在拔河道上和對手決戰時堅強的鬥志，我敢說她們是用力在拔，是用命在拔。

全力以赴的力量

老實說，「拔河」這項運動，我是從完全不懂到現在比賽完遇到媒體採訪，還能回答出：「校長，請問這次比賽教練是用什麼戰術？」這類的問題。

其實，我更常被問到的是：「校長，爲什麼您會支持拔河這項運動？」我不敢居功，因爲拔河隊，在我來景美女中之前就已經有相當好的成績了。

我依稀記得剛來時常常去巡視校園，發現活動中心每天的燈都是亮著的，很好奇地上去看，發現原來學校拔河隊和排球隊每天都練到很晚。感動之餘我問了郭教練原因，他的答覆直到今天我都還印象深刻，他說：「校長，這些孩子是我們把她們找來的，將來她們如果沒有成就，我會覺得對不起她們及她們的父母。」有這樣的教練，學校怎麼能不全力支持呢？

那一年開學註冊期間，出納組長來和我說，還有好幾位同學沒有完成註冊手續，我馬上請這些學生來了解她們到底有什麼困難，她們說：「校長，媽媽說現在沒有錢，學費可能要過一陣子才能付。」或是「校長，等我打工的工資發下來，就可以繳學費了。」我聽了實在心疼，這些孩子當中大多數是拔河隊的學生，她們要讀書、練習，哪還有時間去打工。

當時，剛好有機會和家長會長以及孩子已經畢業十幾年，都還很熱心學校事務的前幾任家長會長們見面，他們一致贊同要成立一個專門幫助家境清寒學生的基金——「晨曦基金」。很感謝張會長和林石根會長各捐了十幾萬，以及當時洪會長的贊助。

這些會長們慷慨解囊解決了所有孩子的食宿、學費以及課業輔導費。尤其有些孩子一進來時成績不好，英文只會二十六個字母，但英數是主科，總不能老是抱鴨蛋，所以我們就開始請老師幫忙課輔。很多老師一聽到是拔河隊的孩子都很樂意，因爲她們成績雖然不一定好，但乖巧、有禮貌，很受師長的喜愛。所以我時常和孩子們說：「有『禮』走遍天下，禮貌是最重要的。」

果然，當她們無後顧之憂的去練習時，和許多志同道合的同伴在一起，愛這個團體、永遠不放棄，那股力量足以感動全世界。

冠軍之後的未來路

原本，在二〇〇九年因爲一些挫折，郭教練和我商量決定要停招，後來因爲拔河比賽規則下修到十六歲，我們又燃起了希望。

在取得二〇一〇年義大利世界盃國手資格時的一次校長會議，剛好和一家媒體記者聊到這件事，她很有興趣的決定隔天來採訪。結果那一次的報導，因爲多著重在我們增胖和減重的這些事，把主題都扭曲了，帶給我們好大的困擾。幸好這些孩子的訓練有素、乖巧和有禮貌，讓媒體界的哥哥姐姐們很有好感，之後就一直持續關心著我們。

出發去義大利比賽前，我們接受郝市長的授旗，當天剛好遇到市政府春節開工團拜，郝市長率領了七位局長級的長官一起和我們景女的八位小女生比賽拔河。郭教練怕他們受傷，還特別把拔河道運去放在市政府大廳。我們贏了兩局後，原本第三局要放水的，結果他們用錯力跌倒了，還是輸掉。這件好玩的事，郝市長在二〇一二年蘇格蘭世界盃慶功宴時還記得，他開玩笑的說：「妳們是世界冠軍，我們只輸妳們，所以我們是世界亞軍。」而從二〇一〇年第一次義大利世界盃到二〇一二年瑞士的世界盃，郝市長都給了我們贊助，瑞士之行還包了四萬元紅包，給孩子們當零用錢，每次比賽也是第一位來電嘉勉的長官，好感謝他。

我記得義大利世界盃比賽那天因爲沒有實況轉播，我們很辛苦的用手機和隨隊管理吳念芝老師連線；學務處江主任把畫面接到電視，因爲收訊不良，時斷時續，但當得知中華臺北贏得冠軍的那一刹那，全部的人在一片模糊的電視畫面前又叫又跳。由於兩地時差有六小時，他們在比賽時，我們已經晚上十一點多，媒體全部在市政府的記者室等我們的消息，我們一有新消息就向他們回報、寫新聞稿，好感動又感謝他們的關心。隔天一大早，一堆媒體都來採訪，附近一位可愛的民眾還拿了一串鞭炮、一張紅紙對我說：「校長，妳要貼一下紅紙、放鞭炮，畫面拍起來才好看。」眞謝謝他！

從義大利拿到世界盃冠軍、從韓國拿到亞洲盃冠軍之後，我們開始爲孩子的升學煩惱，於是，我帶著郭教練和吳老師一起去爲孩子們找升學的路。

當時和臺灣師大運動與休閒管理學院張少熙院長及體育系主任商談，請他們提供甄審保送名額，我們提供場地、設備和教練。很感謝國立臺灣師範大學張校長、張院長及系主任的支持，這些孩子以前是景美女中拔河隊的選手，往後就是臺師大拔河隊的選手。

但是，升學之後，並不是每位孩子的就業都很順利，難免會遇到有家長提出：「校長，接下來呢？我們的孩子將來怎麼辦？」的疑慮。爲了讓更多的孩子投入拔河，能專心練習，我們得繼續爲她們找更多的出路。

二〇一三年願大家哥倫比亞見

我們的學生很特別，只要一上場，在拔河道上和對手決戰時，就能激發出堅強的鬥志和爲國爭光的決心，我敢說她們是用力在拔，也是用命在拔。二〇一〇年南非室外錦標賽，我親眼看到她們用力到整個肚子裡的東西都吐出來，還是繼續抓住繩子不放，讓場邊的華僑感動的淚流滿面。

每當我們到一個新的國家，一座新的拔河場上，就會聽到有人問：「What is Chinese Taipei?」等到比賽過後，他們總會翹起大拇指說：「Chinese Taipei is NO.1, Taiwan is NO.1.」二〇一二年瑞士世界盃比賽時，大會工作人員甚至根本不知道我們，一開始就把中華台北的旗子掛錯，司儀還在第一場比賽時播報成：「China Taipei」。一連五天比賽下來，我們天天上台領獎，大家不但認識我們，還承認「Chinese Taipei is NO.1.」。

最後一天拿下五百公斤錦標賽冠軍的大獎盃時，全場全體起立聽我們唱他們聽不懂的國旗歌，看著我們的旗子在中間慢慢升起，隨風飄揚。果然證實了「要讓人家看得起我們，就要有志氣，要爭氣才能揚眉吐氣。」

拔河隊一路走來，郭教練也好，孩子們也好，大家一直爲了二〇一三年的哥倫比亞世運會而努力著，但只能有一隊九位選手去參加五百四十公斤量級的比賽。我們有三十六位選手，除了上場的選手之外，其他的二十七位選手或許再也沒有機會參與這四年一次的世運會了。被選上的選手很努力，但沒有被選上的孩子們也沒有少練習過；我們是一個團隊，一起榮辱與共是我們的心願。最後，祝福這群孩子，希望她們能好好的把握這段難忘的青春時光，也希望接下來的故事，能創造更多的感動。

在此也特別要感恩馬總統在我們比賽回國後，三度召見中華臺北男女拔河隊，給予鼓勵與肯定，讓這些努力的孩子們，得到莫大的鼓舞。景美女中拔河隊僅以本書感謝所有幫助過我們、支持拔河運動的各界好朋友們。因爲書中篇幅有限，將其他未提到但有支持過景美女中拔河隊的朋友們羅列如下：

教育部蔣部長偉寧、教育部前部長吳清基、臺北市政府教育局丁局長亞雯、曾副局長燦金、馮副局長清皇；臺北市政府教育局前局長康宗虎、體委會戴主委遐齡、拔河協會蔡理事長賜爵、卓祕書長耀鵬、文山區蔡培林區長、慈祐宮陳董事長玉峰、羅治能先生、駿騰傳播公司、哈克傳媒公司；景美女中家長會林石根會長、吳文博會長、莊淑環會長、王蓓玲會長、魏琬琍會長、呂佩穎委員、翁昆湖委員等。

還有好多好多曾經幫助過景美女中拔河隊的朋友們，無論是一句話、一個鼓勵，我們都全都銘記在心，謝謝您們！

林麗華（本文作者爲景美女中前校長）

PART 1

拔河繩上的希望

這次比賽，我們成功了，是場完美演出。太多的紛紛擾擾，阻擋著我們前進，但我們一一突破了，用實力證明給大家看，是用實力贏的，是用實力寫下我們的故事。

——李汶霖

我們要把每一次的練習當作是一場比賽認認真真的來面對它，現在的我們必須也要和學姐一起努力，一起拚二〇一三年的中正盃和歐洲盃室外選拔，我們一起朝著目標向前吧！

——卓芝涵

（摘錄自二〇一三年世運會國手選拔賽感想）

1. 拔河，是希望

從沒想過身體裡這股好動基因，會讓自己成爲老師、運動選手，甚至是幫助學生登上世界冠軍寶座的國家代表隊教練。

拔河，是夢想實現的門票

好動，對一個生長在臺南的鄉下小孩來說，是一件和吃飯、睡覺差不多的事。即使整天和玩伴們街頭巷尾的追逐、登高爬低，也從不喊「累」。和大多數懵懂的學生一樣，我對未來的概念，成形得非常遲。高中以前，「做個飛行員」的想法，偶爾會在我的腦子裡盤旋，倒不是因爲有什麼報效國家的豪情壯志，純粹只是少年時覺得飛行員帥氣而已。直到和同學聊天，才發現我的近視徹底不符合開飛機的條件。

某一天，高三的導師楊三郎老師對我說：「郭昇，你要不要像上一屆那位學長一樣，去考考看師大體育系？」對於未來，好像才漸漸有了眉目。

那時候，我就讀的崑山高中是一所普通中學，在成長的過程中，「運動」和「玩」一直是畫上等號。也許因爲愛玩，我的學業成績實在不怎麼出色，不過卻是校內運動各項比賽的常勝軍；老師這樣一提，我頓時覺得如果開不了飛機，當個體育老師好像也不錯！

告訴爸媽我的想法之後，他們只說了一句：「讀什麼攏好，愛認眞，麥學壞丟好。」看到好動的我找到未來的出路，老實說，父母也沒什麼好反對的。

於是，我決定報考體育系，而且非臺灣師範大學不讀。剩下需要克服的，就是如何在有限的時間裡，從眾多熱愛運動甚至是體育選手中脫穎而出。

我想，唯一的辦法就是「勤勞」。

第一年，我考上輔大體育系；不是臺師大，於是決定重考。在這寶貴的一年裡，我除了白天在補習班加強學科之外，每天上課前、放學後以及每一個假日，我都會到臺南體育場報到，不斷地利用零碎的時間，自我加強田徑項目等術科的鍛鍊。這個習慣，直至今日，都依然沒有改變。

拔河繩上的希望

拚了一年終於考上臺師大。曾經看過、聽過許多優秀的高中選手保送上大學之後，因爲疏於練習以及沒有目標，反而比高中時還茫然；相對於我們一般生，沒有專長更是另一種危機。於是，我開始參加各項社團運動，試圖尋找自己的專長，無論能不能當上國手，至少找工作也容易些。

很奇妙的，拔河的機會在進入師大後不久，就曾經與我擦肩而過。大一校慶運動會時，當屆的四百公尺我跑了第一名，下場後立刻有學長來問我要不要加入拔河隊，但直覺告訴我：「拔河不就是拉來拉去比力氣的，是個很無聊的運動。」我沒有多想，便藉故推掉了學長的邀請。此後，我努力地企圖擺脫身高不夠高的先天缺點，在田徑、合球和西式划船等熱門與冷門的項目裡積極地練習，爲自己設定目標爭取入選國手的機會。

當然，找到「專長」必須付出代價。

每當寒暑假一到，在同學們呼朋引伴去騎機車環島、打工或教游泳賺外快的同時，我得花更多時間練習。和隊友們去冬山河練划船、睡在臭氣沖天的艇庫裡，還被蚊子叮得滿頭包；直到，我入選划船國家代表隊。

開學後，我也常在中午休息時去練習合球投球，晚上下課後，再安排兩個社團練習。有人叫我鐵人，也有人說我像瘋子；但不管別人說什麼，在當時，成爲國手的希望，比任何事都還吸引我。

大三的某一天，田徑隊練習結束後，一回到寢室就被室友、也是拔河隊隊員的學長問到：「郭昇，待會要不要一起去打籃球？」

「好啊！」

到了體育館做完熱身之後，學長拿了一雙拔河鞋給我，說：「他們得先練完拔河才能打球，反正我們在旁邊閒著也是閒著，不如一起來練拔河。」當下聽來似乎合情合理，就跟著上場了。

後來我們有沒有眞的打籃球，我已經記不得了，只知道自從這一次握住繩子之後，我的人生就再沒有放下過它。它完成了我想成為國家代表隊教練的希望。

選定目標，盡力完成

還在讀臺師大時，我被分發到景興國中實習，畢業並實習後，成為正式的體育老師兼拔河隊教練。

由於景興國中的拔河隊是學校校隊，成員中不乏學業成績名列前茅的學生，這些學生不一定需要利用體育上的優勢來升學。他們參加拔河隊多半是因為好玩或中午可以不用午休。到了國中三年級，當升學與練習時間衝突時，大部分的學生會要求退出。我雖然是校隊教練，但並沒有非要留他們下來的理由。

不過，在面臨重要時刻，還是有些學生做出讓我難忘的選擇。例如在班上一直保持前三名的應同學，他們班導師有次和我說，他因為功課退步被要求留下來上輔導課，他回答老師不行，因為要去練拔河。但身為體育老師的我，實在沒有辦法爲學生的未來保證什麼；找來應同學詢問之後，他用很堅定的眼神向我保證自己會努力讓拔河和功課都維持在最佳狀態。果然，在當年的全國拔河比賽中我們拿到了男子組冠軍，而接下來的升學考試他也沒有食言，順利考上成功高中、臺大土木系。

另一屆擔任男子隊隊長的萬同學，升上國三以後，仍然一如往常地練習，直到隔年完成了全國拔河比賽的連霸任務後，才回去念書。事後我從萬爸爸那得知，當初他希望自己的小孩上了國三能退出拔河隊，但兒子對他說：「我要有責任感，把這屆隊長當完，等到三月份全國拔河比賽拿到冠軍之後，才要回來專心念書。」很慶幸萬同學沒有說大話，他不但和隊員們一起努力留住冠軍獎盃，更憑藉自己的實力考取了建國中學。

這些學生，即使是事隔多年後的今天我都記得，記得他們的不放棄，也記得他們把冠軍當作是拔河這條路的目標與希望。

2. 拔河，是信任

團隊裡一定要有人出來登高一呼，尤其是隊長一定要第一個跑，後面自然有人跟隨。

一個沮喪的開始

在大學畢業後，我一邊參加臺師大校友拔河隊，一邊到景興國中實習。除了熟悉體育老師的工作外，也接觸到拔河隊教練的工作。在此之前，景興的男、女拔河隊已經是臺北市師生盃國中組的雙料冠軍，前一位帶隊的謝玉星教練認爲我有拔河的專長，帶領隊伍會讓成績更好，沒想到第一年的帶隊經驗，就讓我相當灰心，才明白原來當選手和帶隊，完全是兩回事。

剛接下這支隊伍不久，我認爲只要兇就一定有用，只要兇，就一定會有名次。不過第一次的比賽結果，就讓我陷入窘境。

第一次的師生盃比賽，男生很辛苦的保住冠軍，女生則掉到第二名，我很驚慌，忽略了拔河隊只是學校中的一個校隊，學生們是有興趣才來參加，而不是非得拿冠軍才進來。所以寒假時，集訓開始的第一天，現場除了一位綽號叫「蛋塔」的學生出現外，其他一個都沒來！

我壓住怒火問：「你知不知道他們人在哪裡？」蛋塔乖乖的點點頭。於是我騎著機車載他去到處找人，最後，在附近的河堤發現這群蹺練的學生，大聲的要他們玩完後快點回來練習。隔天有一位同學說：「教練，我昨天回去被阿嬤罵，因爲有鄰居向她告狀，說我在河堤邊跟流氓講話。」我才知道，原來在旁人眼中，我和學生說話的樣子像地痞流氓。

這段時間裡，我一直找不到讓學生服氣我的方式，或許沒有想贏的決心，即使比賽在即，訓練時卻總是懶洋洋的。這一回的臺北市青年盃，男、女兩隊都掉到了季軍，一想到前任教練的託付，以及一直對拔河隊給予經費支持、對我很信任的體育組曾德民組長，就覺得很懊惱。

找出一隻「領頭羊」

落敗的滋味固然不好受，但是季軍的打擊，顯然比我發飆更有威力。輸掉比賽之後，拔河隊裡出現另一種聲音：「教練，我們想拚拚看！」首先說出這句話的學生叫周彥辛，運動能力好，喜歡打球，成績中上，有點運動員的率直和傲氣。

「就是他了！」面對目前帶隊的困境，我想起了以前找我進校隊的張家豪學長，一位令人信任和能拉住好隊員的隊長。隊長是一位除了教練之外，全隊另一位可以信任和願意跟隨的人，比起兇神惡煞似的教練，隊長有時候似乎更能讓大家信服。

爲了增加有力的新隊員，我和隊長開始積極地物色校園裡身材高䠷、運動能力好的人選，如果對方並不熱衷於拔河，隊長就在每天下午四點下課後，採取緊迫盯人的方式，到教室門口去等，硬是把對方拉進來練習。就這樣，拔河隊的陣容和練習懶散的問題都解決了。甚至在每天六點訓練完，我離開之後，隊長在我不知情的狀況下，再要求男女隊員留下來練體能。即使事後女生隊長來向我抱怨這件事，但身爲一個教練，其實是很樂見選手這種自動自發的決心，也讓我更相信自己沒有選錯隊長。

我爲了激起這群有心找回榮譽感的選手的鬥志，帶他們到其他優秀學校去做移地訓練及觀摩，當然，也讓他們見識一下還有比我更兇的教練。另外，我也想讓他們知道，不下苦功練習就不可能成爲最好的。

以前，他們在臺北市的拔河比賽中原本就有不錯的成績，但當時的教練沒有像我這麼嚴厲，現在，學生們理所當然的認爲我這樣的訓練方式不必要。所以我特地安排他們和全國前三名的隊伍——中和的自強國中進行友誼賽，以爲自己已經夠好的學生們，就在比賽開始的十五秒後，完全被對方拉走了！從此，他們開始相信：人外有人、天外有天。

從輕蔑到相信

「教練，我們什麼時候再來跟他們比賽？」聽到這句話，我知道學生們了解我的用意了，只要有目標，接下來再怎麼辛苦，他們都能夠接受及配合。終於，接下來的訓練都很順利，在學生們無法理解我說的動作時，教練要做的不是生氣和責罵，而是親自做一次給他們看。等到選手再次上繩時，就能體會教練說過的話。漸漸地，學生看我的眼神，從一開始的不屑，轉變成後來的認同與信服。

而體能最好的隊長，不忘關注全隊的狀況，在大家進行體能操練，就快要精疲力盡的關鍵時刻，總是能帶頭喊出第一聲：「加油！剩下最後一圈！」疲累的隊員，聽到這一聲呼喊，不但能呼聲回應，同時也能再度把腳抬高，抵達終點。

事隔一年之後，我們挑戰全國拔河錦標賽，得到了國中男子組的冠軍，隔年女子隊也迎頭趕上，拿到國女組的冠軍。我在景興國中服務的最後一年，也完成了全國賽男女雙料冠軍的夢想。

這群學生從消極抵抗到完成夢想的過程裡，還好有這一位值得信任的隊長幫忙我贏得同學的信任。信任，是追求共同夢想的起點，更是支持我們一路到達目標的力量！

回憶那段日子，喜悅和榮耀盡在其中

周彥辛（景興國小體育老師，曾爲景興國中拔河隊隊長）

拔河是團隊運動中的團隊運動，不可能七個人拉贏八個人，少一個都不行。

與郭老師的緣分

「大家好，我叫郭昇，畢業於臺師大體育系，很高興來這個班上擔任實習老師。」我一直記得那天，郭老師是這樣介紹自己的。或許是我和郭老師特別有緣分吧，從老師第一天來到我們班上當實習老師，我就覺得他很特別。

郭老師當時身兼田徑隊助理教練和拔河隊教練，我一方面因爲喜歡體育，一方面因爲哥哥也在其他國中的拔河隊，所以兩個校隊都參加了。坦白說，郭老師眞的很兇很兇，非常嚴格，尤其是對男生。

那是個可以體罰的年代，往往女同學就在旁邊看著我們被打屁股，練習不認眞，被打；成績退步百分之十以上，被打；對師長不禮貌，被打。於是，有一年的暑假，我們決定不去練習，大清早的相約去河濱公園烤肉。就在我們這些國中的小毛頭開開心心的生好火，準備烤肉的時候，老師騎著摩托車，後面載著出賣我們的同學，出現在我們旁邊，淡定地說：「玩完了，就趕快回來練習吧。」隔天，心生愧疚的我們幾乎全數到齊。

到了國三，我被選爲拔河隊隊長，對於郭老師，越發的服從與崇拜。相信他的教導方式，也相信他告訴我們的運動員精神。原本不怎麼在乎這個團隊的我們，也漸漸的因爲一次次的進步而開始努力。

老師一直是我的榜樣

印象最深的一次比賽，是我們國二時參加全臺北市代表隊選拔賽，前三名的隊伍可以比全國賽。那一次，自認已經很厲害的我們，以為冠軍一定勝券在握；誰知道，卻只得了第三名。從此，我們發現與「冠軍」擦身而過的感覺眞的很不好受，於是開始卯起來拚命練習，隔年，在臺北市的比賽中拿下第一名。最後，終於在全國比賽中拿下國中男子組冠軍。

那是郭老師第一次的全國冠軍，也是第一次拿最佳教練獎；當時，老師才二十七歲左右。當我代表學校站在臺上領獎的那一刻，我好感動。那時，老師應該也很感動吧。郭老師把這一刻拍下來，將照片護貝，上面寫著：「喜悅與榮耀，盡在其中。」這張照片我一直留到十一年以後的今天。

高中的時候，因爲我念的高中拔河隊成績不突出，老師問我要不要和他們社會組的選手一起練習，我二話不說的就答應了。一進去，才知道隊員們都是郭老師的大學同學或學長，只除了我一個人是高中生。但是，我想當國手，想上繩拔河，雖然知道機會很渺茫，但我仍然抱著這個希望跟著練習了一年多。最後雖然這個隊伍在有一次選拔落選後解散了，但我一直很感謝老師給我這個機會，也一直記得每次練習時，我們兩個都最早到，練習完後，老師還常騎著摩托車帶我去夜市吃吃東西再送我回家。

從小，我就喜歡運動，當時想，如果我可以將運動和職業結合，應該是件很幸福的事。郭老師一直是我追求的目標與典範，因爲他，讓我想當一個跟他一樣優秀的體育老師。後來進了國北師體育系，其實心裡面多少存在一點遺憾，於是我立了一個目標，就是我一定要考到臺師大，後來順利考上研究所，研究領域選了「運動心理學」。由於國北師的學妹是景美女中拔河隊的大學姐，有天，她和我說郭老師要帶隊參加國手選拔賽，我心想，如果所有參賽的隊伍中，技術和體能條件都差不多，心理素質越好的隊伍是不是就越容易奪冠呢？

於是，我開始隨隊三個月，用我所學幫忙她們學習如何控制自己的緊張、壓力；雖然當時運動心理方面的專業還不是非常到位，對我來說，就算到時候她們只增加了百分之一的戰力，都是幫助。

很高興的，她們在那一場資格賽中奪得冠軍，我和這些女孩們說：「我看著郭老師拿到第一座全國冠軍獎盃、最佳教練，現在又有機會見證老師成爲國家代表隊教練，很替他高興，也希望大家之後世界盃繼續加油。」之後女孩們至義大利出賽，順利的拿回冠軍，我雖然與有榮焉，卻不知怎地，卻沒有在第一時間打電話恭喜老師。

這件事一直成爲我的遺憾，就這樣，將近兩年了，只有和老師偶爾通通電話。

每當老師在電話中說：「周彥辛，有空回來走走呀。」我總說：「好好好。」但其實一次也沒有回去過。

現在，我只想和老師說，我從來沒有告訴過您，您是直至今日影響我最深的老師。我想像您一樣成爲有智慧的運動教練，無論是體育教學的認眞，或是帶隊時的決心和毅力，都是我想學習的。

對於景美的女孩們，我想說：這條繩子，不是阻斷妳們與外界的那條界線，而是讓妳們得到更多機會的敲門磚。運動選手，只是比一般人花更多時間在這件專精的事情上，其他課業、人際關係，我們仍然要學習。畢竟，別人在學習的時候，我們花了絕大部分的時間在訓練上。這樣等到有一天，沒有了繩子，我們還能繼續走自己的路，未來的生涯也有更多的可能。

3. 拔河，是服從

一位領導者在訓練的過程當中必須要很嚴謹，甚至有些專制，因爲在團體項目中如果聽太多人的意見是行不通的。

集體決策與意念一致的團隊

拔河，不是八個人的表現，而是一整隊的運動。靠著雙手、透過繩子感覺隊友的存在。

一九九八年，我離開師大開始實習之後，拔河隊的黃志欽學長很熱血地把大家集合起來，湊足十個人，草創了臺師大拔河校友隊。但是大部分的隊員們已經開始實習、教課或念研究所，要聚在一起練習並不容易，多半是利用晚上或假日的時間分別從林口、三峽、蘆洲等地向臺師大聚集。

這個隊伍沒有特定的教練，大部分的決策都是「集體討論」出來的。光是決定「動作」就是個大工程，因爲沒有人能跳出來主張什麼動作是對的，所以決策的過程通常是少數服從多數，或者，以學長的意見爲意見。這是聆聽、尊重所有人意見的表現，也是團體世界裡行事的準則。

而到景美女中之後，在一次教育部舉辦的拔河比賽前兩天，我因爲有人破壞了這個準則，而史無前例的罰一名學生禁賽。

這位非常有主見的小女生，從高一入學之後，學姐就曾經告訴過我，她反對我們的「學姐學妹制」傳統，她認爲實施這個制度，應該是學姐好好照顧學妹，而不是兇她們。這種高調的反對，一度讓學姐相當的頭痛，不過因爲沒有影響到練習，所以我沒有特別做什麼處理。

平日練習時，這位學生偶爾會對我訓練時要求的動作發表不同的看法，不過都還在我能忍受的範圍，也因爲她的能力不錯，被安排在第一位。直到比賽近在眼前，訓練時她又再度堅持自己不同於別人的動作，雖然不是明言挑戰，但已經讓我相當光火了。而且從她的表情和肢體上，我很明白地感覺到她不願意做我指定的動作。

比賽在即，我不想再多罵人，更不想因爲她的雜音而影響團隊情緒，因此我叫她去旁邊面壁罰站。罰站對這些女孩們來說，在體力上是不痛不癢的事，但是丟臉的程度，遠超過她們最討厭的青蛙跳。

隔天要準備比賽前的過磅，因爲當年報名辦法有變，必須在十位上場隊員裡減少一個名額，我毫不考慮地劃掉她的名字。當我告訴第二位選手往前站成第一位時，那位選手還有點害怕，我只和她說：「不用怕，盡力拉，比賽結果由我負責！」結果，我們還是抱回冠軍獎座。

事後這位學生來跟我認錯並歸隊，禁賽過後的她變得十分配合，也把以往個人的好勝心轉化成對團隊的求勝力量。

教練必須具備決斷力

如果今天這位選手無法服從，即使再好的選手我都不會挽留，因爲我相信只要其他隊員很努力地練習，就算無法超越先天條件優秀的人，至少也能打成平手。少一位不同心的隊員，不但不可怕，還能穩定軍心。雖然很多人曾經和我說：「郭昇，你這樣太兇、太嚴格、太過專制。」但我仍然相信服從是團體紀律中最重要的。

況且隨著比賽層級和目標的提升、學校和外界的資源投入，這些高中女生必須是選手，而不是一般的小女生。教練的責任，就是在最前端將所有技術和動作確認，選手們只需要貫徹，再經由比賽檢視成果。我認為一個負責任的拔河教練，是不會讓選手浪費時間反覆去質疑你的決定的。

臺灣引進拔河運動從民國七十九年至今，不過短短的二十幾年，還非常年輕。而歐洲的拔河歷史卻接近兩百年，換句話說已經是超級人瑞了，在成熟度上，我們當然遠不及這些歐洲國家。不過年輕不是壞事，假如可以善用長者的智慧，就可以節省很多時間。因此在技術動作上，我大量地尋找國外好的隊伍影片，並試著統計出其中的相同之處，如果能用力學的角度解釋得通，再加上親自測試拔河機之後，幾乎就能大聲地說：「這樣做就對了！」

服從不是軟弱屈服，而是以信任做為支點發揮出來的力量。相對的，教練的兇和嚴格、隊長和學姐的要求，背後必須要有意義，不是個人情緒的發洩。這群服從紀律的選手們，一直相信沿著學校團隊和學姐們的腳步走，就能得到好的結果。相信大家把計較的心思和爭辯的時間全部投注在如何取得下一次的勝利上，服從的力量一定會被看見！

4. 拔河，是輸得起

拿冠軍之後，不應該輸的壓力很大。但是我相信輸了一次，就會比較好了。

輸，有正向回饋

「連霸」二字，對於運動員來說是夢想、是傳承、是肯定更是指標。既然上得了冠軍的臺階，就得拚了命的努力不被別人拉下來。可惜，有贏必定有輸，是誰都躲不了的事實，只是來得遲或早的差別而已。

沒有得名之前，只要有進步和超越，即使是輸，也能得有正向的回饋。記得在大三加入校隊那一年，在蔡三雄教練和學長的領軍下，參加一場全國性的公開賽，對手是「福特六和隊」。我看到這些平均五十出頭的熟男有點傻眼，心想我們這群年輕力壯的體育科班生，就算贏了應該也勝之不武。沒想到裁判手一擺下，輕敵的結果是我們竟然輸了。

頓時，就聽到學長說：「怎麼會這樣啦？你們不會覺得很丟臉嗎？」當然丟臉啊！堂堂體育系的大學生被一群大叔級的非正規選手打敗，當下大家熱血沸騰的說：「幾個月後的比賽，一定要把它贏回來！」這一刻我才明白，拔河不是靠「蠻力」就一定贏的運動，這樣的「輸」，價值遠遠超過理所當然的贏。

誰都不准哭

成績好當然皆大歡喜，但即使輸了，我也不希望選手哭著離場。輸了心裡難過是人之常情，沒有人喜歡輸，只是這時候用哭來表達是不恰當的，既不能讓結果改變還會影響團隊士氣。與其想著哭，還不如把時間拿來想想怎麼改善來得有用。

不過畢竟是十幾歲的女孩，眼淚仍然常常不聽使喚。不只是輸了比賽，有時候在練習時一直抓不到感覺被我罵，覺得很委屈又不敢哭，眼淚大顆大顆地掉，這時候再怎麼鐵石心腸的人應該也罵不下去了。老實說，我很怕看到女孩子哭，這時候只能別過頭揮揮手，要她們先去廁所洗把臉，哭完了再回來繼續練習。

輸掉比賽即使失去獎盃與榮譽，卻也不是一無所有。二〇〇三年我剛到景美接任拔河隊教練時，當年的體委盃比賽輸了，不只學生心裡難過，我更覺得對不起交棒給我的教練林柔里老師，也是景女拔河隊的創隊教練。

第二天早上六點多，我像平常一樣來看學生們晨操，剛進辦公室就發現我的桌上放著一樣東西。仔細一看，不知道是拔河隊哪個手巧的學生，用布丁包裝的硬紙板做成了一座小獎盃，上面寫著「最佳教練」，我當下心中非常的感動和慚愧；感動的是學生的用心，慚愧的是輸了比賽反而是學生來安慰我。這座布丁獎盃一直留在我心裡，成爲二〇〇四年至二〇一一年，連續八年全國拔河錦標賽奪冠的最佳動力！

終止，是另一個全新的開始

比賽有不能輸的壓力，往往來自於榮譽感和所有關心者的眼光，選手們是如此，身爲教練更是從來不敢鬆懈下來。尤其在臺師大、國體大和景美聯隊從二〇一〇年至今，在國際比賽中一直都有很棒的成績，隨著媒體的報導增加、贊助單位和社會各界的幫助，在光環背後，自然就會有輸不得的自我要求。

二〇一二年三月份的全國拔河錦標賽，景美女中在蟬聯八年的冠軍之後，輸給了大里高中，雖然不是那麼意外，但是落敗仍然讓我們很難過。即使外界都認爲這次景美女中本來就應該輸，因爲我們今年沒有高三的選手，戰力上比較吃虧。但是對一個團隊來說，不論幾年級，身分都是「選手」，何況早期的景美女中拔河隊，也是以高一、高二生爲主力，高三學生就專心念書不再參賽了，並不能以此作爲輸的藉口。

特地來加油的學姐們也責備學妹，認爲她們過去比賽時，太過依賴大專生，而且這次的失利，意謂著紀錄歸零，至少要再重新經過八年的努力、且維持年年不敗，才有可能締造另外一個「八連霸」。

雖然我認爲輸了可以釋放所有壓力，但是不能讓自己輸得不明不白。這一次的紀錄終止，對我而言，不只九連霸夢碎，還有深深的自我譴責。在二〇〇八年底，當我做出停止招生的衝動決定時，就種下了今天沒有高三生的果；再者，我把訓練重心一直放在出征國際賽事的聯隊隊員身上，高中生的選手在正規訓練比重上反而比較少，因爲我的調整失當，才會造成這次的連霸失敗。

二〇一二年十月在韓國亞洲盃室內拔河賽，因爲學生們需要拿到資格升學保送，學姐們很大方地把這次出國比賽名額全部讓給高中生，她們並沒有繼續待在失利的陰影下，還是由同一批選手，很爭氣地保持住了女子組五百公斤錦標賽的冠軍，這是第一次全部由高中女生出戰的國際比賽，對景美女中來說，意義非凡。

失敗，其實並沒有那麼可怕，找不出眞正病灶的失敗才是令人心慌。輸了之後，在這個盃賽裡的所有壓力也就釋放了，雖然很可惜，但是我們會捲土重來，不斷地挑戰別人，也挑戰自己。

我更要眞心的感謝有這麼強的第二名隊伍，時時刻刻驅策著我們前進，每次比賽結束，無論輸贏，我都要想想下次如何去做應對和戰術上的調整。一時的輸或贏都不會是眞理，因爲戰勝別人，只是比賽裡的相對強者，唯有戰勝自己，才是人生中的眞正贏家。

5. 拔河，是志氣

教練告訴我：「妳可能是全世界最矮小的拔河選手。」
我也跟教練說：「沒關係，我人小志氣高！」
——李洳君

看見女孩們的志氣

景美拔河隊絕不是一個以「重」取勝的團隊，這是一種誤解。

女孩們對於增重的必要性很早就有了體悟。國三升高一，看似只是一個暑假的差別，但是對選手們來說代表了跨越四十公斤的一個級別。在國際賽事中，女子五百公斤、五百四十公斤已經是世界標準，歐洲盃甚至各增加了二十公斤做爲標準，對體型較矮的亞洲人更形吃力。選手在增重的同時，還要不斷地做重量訓練，讓新增的脂肪盡可能轉化爲肌肉才有力量，因此女孩們即使變胖了也不可能偷懶。

由於統一住校的拔河隊員們的膳食與一般生沒有兩樣，增重的不二法門就只有：多吃白飯！

我時常叮嚀學生增重時要顧一下自己的健康，另外將中午餐廳多的白飯留下，再買了一只鍋子，讓受傷無法上場練習的選手幫大家換口味做成炒飯或者當作宵夜加餐。這群女孩也配合度十足地，一口一口的把飯往嘴裡塞。

二〇〇九年在義大利世界盃選拔賽之前，我們面臨了是要力拚五百公斤的自費量級，還是要越級挑戰五百四十公斤公費量級的抉擇。其實我心中早已打定主意，無論如何要說服她們增重跨級，只不過增重實在辛苦，我想由小孩子們自己說出來會好一點。

這群潛力十足的女孩，或許拿不出錢來出國參加比賽，但是她們拿出了自己的志氣，一致通過的要挑戰五百四十公斤量級。一口答應全力增重，沒有第二句話。於是一邊吃、一邊讀書、一邊練習，每天晚上練習過後，隊長向我報出上場選手的體重加總數字，等到九點學校門禁時間一到，我不得不離開學校之後，大家還得用練習完剩下的力氣，努力再吃！

互相感染的志氣

那一年的後位足足增重二十公斤，替一些一直吃不上來的隊友減輕不少壓力，雖然在這個過程裡，曾被不知情的班上同學揶揄，她也會嚷著說自己不能再胖了，但是看到其他隊友吃得很痛苦，卻又笑嘻嘻安慰大家說：「沒關係，我多吃一點，反正我是易胖體質嘛！」女孩們的早熟和毅力，我全都看在眼裡。

當集體目標達成後，爲了在比賽中獲得優勢，通常全隊的體重會超過標準，然後在比賽過磅前的一至兩天開始少吃、少喝，補充維他命快速地減重；之後利用過磅後到正式比賽中的幾天空檔，快速的把體重吃上來。所以吃，不是終極目的，如何有效、安全地快速減重，才是選手們的必修課。

在二〇一〇年義大利室內賽拿到世界冠軍回臺灣之後，我們只有短短一個禮拜的時間，得減掉四十公斤參加亞洲盃選拔賽。我利用了帶隊到南投高中移訓的空檔，自己測試進烤箱快速脫水後、再接著跑步一小時，看看會不會體力不繼。試驗的效果覺得身體都沒有異狀也還能維持體力，才開始讓學生們去試。靠著這個方式，全隊減掉三十一公斤後，再換掉一位比較重的選手，最終，我們贏了選拔，也順利抱回亞洲盃金牌。

一場心理素質的戰爭

體重輕，或許可以勉強靠著「吃」積極增加體重，達成目標；但年紀小、經驗不足的缺點，就只能靠心理建設來補強了。雖然新制拔河比賽在量級上有嚴格限制，每支隊伍的總重量在過磅前都必須在標準值以內，不得超重。但是西方隊伍的身高平均在一百七十五公分左右，每個人的體脂肪約在百分之二十上下；平均身高只有一百六十幾的亞洲隊伍，爲了盡量接近量級標準，增重後的體脂率將上升到三十一上下，最高的甚至接近三十九（以臺師大、國體大、景美女中爲例）。在肌肉少、脂肪多的狀況下，自然肌肉的負擔大，能施展的力氣就小，所以雖然兩隊總重量相近，身材矮小的一方，在先天條件上還是吃虧的。

想要做到不畏懼，「信心」絕對是神兵利器，雖然它看不見、摸不著，一旦自心底湧現以後，硬是能讓人勢如破竹。

每次提到「信心」，很多人都認爲我在說大話，哪裡那麼神奇！當然致勝的前提，還是平日有正確和足夠的練習，否則光說不練，就算是信心破表也沒有用。像我們常常遇到在比賽中逆轉勝的情形，所倚仗的，也就是不畏懼失敗的信心。

二〇一〇年南非世界盃室外拔河賽，當矮小稚氣的東方女孩，在預賽遇上了近五年來從未輸過半場國際賽事、當時世界第一的瑞典隊，選手們也是慌成一團。第一局雙方拉了將近三分鐘，中華臺北輸了，選手形容「感覺就像拉到快要死掉」一樣，我很快地再幫選手們重新整理一次戰況，到了第二局，居然不到一分鐘的時間，我們解決了這支世界勁旅！更讓人跌破眼鏡的是，信心不再的瑞典隊，不但這一場潰不成軍，在預賽中遇到了其他四強以外的一般隊伍，竟然也失去往日丰采，輸了一場。

在國際大賽裡，當每個隊伍達到一定的水準，大家實力相當之際，勝負關鍵不在於比技術、比肌耐力，而是要看誰的心理層面好。只要能排除心底深處對「輸」的恐懼，誰就能取得最後的勝利；事實上，形容拔河是一種比力氣以及意志力的競賽，一點也不為過。

殘酷一點的說，想培養選手更高的心理素質，就必須參加更多的重大賽事、承受更大的臨場壓力，這一點是再怎麼閉門苦練都無法比擬的。甚至可以說，參加十次國內比賽的抗壓性鍛鍊，遠不及參加一次國際比賽的多。

以我一個選手為例，她在國內的大小比賽可說是經驗豐富了，二〇一一年第一次到中國參加冶力關邀請賽時，一見到現場參賽隊伍眾多、觀眾人山人海的大場面，還沒開始比賽就被嚇到了，與中國第三名的隊伍進行比賽，拉贏第一局後，竟然哭了起來。氣得我把她換下場休息，不准她再繼續比賽。

經過不停地在國內外比賽磨練之後，她在二〇一二年的瑞士世界盃室外拔河賽，有很好的表現，成為真正的世界冠軍選手。愛哭的她，現在偶爾還會在拉贏比賽後，偷偷掉眼淚，但是我知道，她的淚水已經從畏懼昇華為喜悅，鐵血教練我，就暫時睜隻眼閉隻眼，讓她哭吧！

受傷後才知道，原來拔河對我這麼重要

李汶霖（臺師大體育系三年級，拔河隊後位）

我患了拔河癮，這個想戒卻戒不掉的癮，教會我負責，讓我改掉壞脾氣；我想我會一直拔下去，因爲我喜歡拔河。

從小學一路試到現在的拔河

會練拔河，一開始只是想試試看，沒想到一路試到現在。

五、六年級時，班導師剛好是拔河隊教練，我們班每天都要跑十圈操場，有天導師說：「既然都跑十圈了，不如就來試試看

拔河好了。」就這樣，我進了拔河隊。

小學時，拔河對我來說一件好玩的事，記得我長了第一顆繭，還跑回家得意的張開手掌和媽媽說：「媽，我長繭咧！」

上了國中，我仍舊是學校的拔河隊隊員，國二下時，郭老來和我們教練說，可不可以畢業後整隊都過去景美女中。誰知道升上高中的那個暑假，才練一星期，就只剩下我和另一位同學，因爲郭老眞的好兇。

每次練習時，他每吼一聲我就嚇得跳起來一下，而且都不會習慣；一星期後，我直接請媽媽來幫我辦休學。是學姐把我留下來的，希望我能再試試看，因爲試了，才知道自己的能力，也才知道原來拔河對我這麼重要。

說起郭老的兇，不光只是出現在練習時拉不好，上課打瞌睡、考試考太爛、看到老師沒有打招呼、在宿舍太大聲……等等日常生活的事，都可以成爲郭老生氣的點。但他不是一個一個地叫去罵，而是把大家集合起來問：「上課睡覺的舉手！」很奇怪的，我們誰也沒想到要騙他。或許是自覺騙不了他、或許是良心不安，大家就是一聽到他斥喝就自然地舉起手來。我們常玩笑地說，我們像孫悟空一樣，總是逃不掉郭老這如來佛的手掌心，既然知道這一點，不如早點認了。（笑）

對於郭老，我又愛又怕，郭老只要不罵人、心情好的時候都好可愛；但每次練習時，只要一感受到郭老心情不好，就知道今天完了，練習時一定會被罵。雖然我們都知道郭老罵人是情有可原，但就是會害怕。

影響很深的兩場比賽

二〇一〇年的義大利世界盃對我們影響很大，因爲那是人生中的第一場國際賽，出國前我們非常忐忑不安，幾乎所有的對手都很強。拿到冠軍後，我們更害怕了，除了求勝的心，壓力也隨之而起。以前，拔河是一項算冷門的運動，比較少人關心；義大利回來之後，時常比賽完就有記者來問我們：「這場比賽贏了，妳有什麼感覺？」「這場比賽輸了，妳有什麼感覺？」印象最深的是這題：「妳這次比賽增重了幾公斤？」

從高二開始，爲了因應比賽公斤級數，我們一路增重到高三，這樣長時間的增重，我並不覺得辛苦，也很自然。但當媒體開始報導我們增重多少，有多辛苦的時候，自己彷彿好像眞的很辛苦似的。有一次，記者採訪完前腳一走，我後腳就哭起來了，郭老看到就說：「妳很奇怪耶，別人不說妳可憐還不覺得自己可憐，怎麼別人一說，妳就覺得自己可憐了。」我想想也對，好像其實也還好。

另一場影響很大的是南非室外賽，那是我高中畢業升上大一的暑假，那個暑假大家都好累。許多人紛紛想離開，但除了已經畢業很久的大學姐之外，沒人眞正敢走。有次趁郭老不在的時候，我拿著安全帽大聲的說：「我不練了啦！」走兩步，就走回來說：「我俗仔。」大家哄堂大笑。而那次人雖然回來了，但帶著「到底我們行不行」的懷疑一直練，在挫折中又一直聽到教練在吼人。大熱天的，大家又黑、又醜、又狼狽，沒人有時間剪頭髮，和著汗水統統黏在臉上。

幸好，最後我們贏了，贏得了這場艱難的挑戰。

拔河教會我負責

我是後位，是全隊唯一可以看到自己和對方隊伍的人，我的工作除了穩住全隊之外，還有提醒前面的人要快一點或慢一點。如果前面三位是一個動作，後面兩位是一個動作，中間三位會不知道要跟誰，這時候後位就必須提醒她們。比賽的時候，即使全場很吵，我們還是只聽得到教練和隊員的聲音，旁邊的加油聲再大，我們都彷彿在自己的小世界中，只聽得到彼此的聲音。

每當我們贏的那一剎那，郭老怕我們飛上天，就會潑我們冷水的說：「贏那一刻開心一下就好，下一秒過後，我們就要迎接下一個挑戰。」不過仔細想，郭老講的好像有道理。比賽一場接著一場，即使我們原本就有實力，別人也同樣在進步呀，只要少練習一點，別人就有多一點的機會贏過我們。

我承認拔河其實是很乏味、無聊的一項運動，因爲只有一種動作、只能拉著這條繩子。但是，它教會我負責，教我身爲後位應負的責任，教我身爲團隊一份子應有的責任。

二〇一二年的暑假在練室外賽時，我膝蓋受傷了，醫師說是膝蓋內側副韌帶撕裂傷。一開始覺得好慶幸，終於可以休息；但當一星期、兩星期、一個月過去，我都還只能在旁邊看大家練習時，開始巴不得現在痊癒，能立刻「上繩」。我想，我患了拔河癮。

這曾經想戒卻戒不掉的癮，讓我改變壞脾氣。每次我很累，臉很臭、口氣很衝時，郭老不會當下說我，只會在之後提醒我：「動作好、技術好沒有用，重要的是要改變腦袋。」就是希望我在發脾氣之前可以再想一想。

謝謝郭老對我的包容，也謝謝拔河帶給我的一切。拔河，從來不是唯一，卻是我這段時光最重要的事、最重要的決定。但未來，拔河是我一項喜歡的運動，我願意一直拔下去，因爲我喜歡。

8
7
CHINESE TAIPEI
CHINESE TAIPEI
CHINESE TAIPEI

PART 2

我喜歡那種團隊的感覺

景美的學妹們，這次真的辛苦你們了！
遇到我們這些難搞又很兇的學姐，但這次我們選上，妳們有很大的功勞唷。沒有妳們的陪練我們就沒有比賽時那種穩重的表現了，雖然在練習的時候常常會唸妳們說不要壓那麼重，但我知道妳們也很不想壓在條繩子上。而且因為有妳們這樣壓我，讓我進步很多呢！謝謝妳們，陪練真的很辛苦，可是同時也是一個進步的過程。
加油，相信妳們也是最強的！

——阿摩斯

（摘錄自二〇一三年世運會國手選拔賽感想）

6. 拔河，是不辜負

謝謝校長爲我們拔河隊爭取很多經費，讓我們可以順利出國，也讓我們在這麼好的環境下練習與成長。

——高巧宜

景美拔河隊的最佳MVP

每一次贏得國家代表隊的資格之後，大家爲拿到手的代表權歡欣鼓舞、互相擁抱，那興奮的感覺，大概只在我腦中停留個幾秒鐘。接著而來的念頭是：「比賽的錢要從哪裡來？」這時候的我，不免覺得有點英雄無用武之地。幸好在學校裡，始終有一位MVP（Most Valuable Player，最有價值選手），撐起拔河隊的一切財政大計。

二〇〇六年，景美女中由新任校長林麗華接任，這位學習特殊教育出身的校長，有一種特殊的親和力，剛到任不久，就找我去晤談。

「郭教練，有沒有什麼需要幫忙的地方？」我想，既然校長主動詢問，就提議讓學校添購一些拔河設備好了；沒想到一開口，校長很爽快地答應了。之後，我無意間發現，校長居然記得大多數拔河隊中較弱勢的孩子。在她一一了解學生的家庭狀況後，並不是告訴我以後最好不要收這種偏遠地區來的學生，而是開始向家長會和周遭的朋友募款，成立專門支付清寒學生學雜費及食宿費的「晨曦基金」，讓陷在經濟困境裡的孩子得以在景美女中快樂練習與讀書。

自此之後，拔河隊不論對內或對外的事務上，都少不了校長在背後支持的身影。尤其是募款這種艱難的任務，她更是一位使命必達的鐵娘子。

找贊助是門大學問

其實，早在二〇一〇年南非室外賽之前，我也曾異想天開的試著寫E-MAIL向企業提案募款，還請校長室的黃郁博祕書幫忙修潤。全臺灣前五十大企業我幾乎都寄過了，雖然知道機會渺茫，但是爲了拔河隊的經費，我仍然硬著頭皮去試。

通常，能有電話或信件回覆「還需要時間評估」的企業，已經算是很友善的婉拒了，完全石沉大海的，才是正常現象。回頭檢討這個結果，或許是我用的方法不對、也可能是內容不夠吸引人，不過在我們只得過一屆義大利世界盃冠軍賽的狀況下，的確很難要求人家一下子掏出一大筆經費，資助一項臺灣人可能見都沒見過的正統室外拔河比賽。

校長在南非出戰之前，曾問過我勝算如何，當時我估計得比較保守，但是對於拿到前六名，讓學生有保送資格是有信心的；她聽了沒有多說什麼，最後靠著教育局康宗虎局長的協助向臺北市政府申請到了大部分的經費。這筆贊助來得及時，不僅讓我們得以順利成行，還出乎意料地打敗五年來從未輸過任何比賽的瑞典隊，第一次拿下世界盃室外拔河賽！

雖然靠著校長的認眞，我們得到贊助的機會看起來似乎都很順利，但事實上並非全是一帆風順。我們就曾經遇過出國在即，但是贊助單位答應的資金還沒入帳，只好拜託旅行社先讓我們「賖帳」的經驗。

還有一次，拔河隊接到一個知名團體的主動邀約，說看到媒體報導之後，想請我們在餐會上演講、分享，之後他們再向來賓募款。校長當然樂意之至，我和隊長也一同前往。但不知道是哪個環節出了錯，校長致詞時，主辦單位不斷暗示及催促時間到了，演講彷彿變成餘興表演一樣可以隨時草草結束。

餐會結束之後，校長領著我們兩個人像是喜宴送客一樣，向來賓一一鞠躬道別。看著一校之長的背影，我深深覺得爲了學生們出國比賽，讓校長受委屈了，只能難過的說：「校長，以後沒有公費補助，我們就不要出國比賽好了。」校長依舊開朗且不在乎地說沒有關係。即使這場餐會最後募到的款項約五萬元，也沒能澆熄她的熱情。爲了學生的機會與學校榮譽，她還是繼續地擔任著最佳MVP的角色，帶著我們向前衝。

低調的贊助企業

在一連串的成功與不成功的募款經驗後，我認清了「術業有專攻」的事實，募款的事就全權託付給校長，而我和隊員們的責任就是加倍努力地練習，讓比賽得到最好的結果。果然，景美團隊的努力，經由校長的不斷四處游說和媒體報導的推波助瀾，漸漸的被外界了解和看見。

透過不同的管道，我們和贊助單位之間開始有了連結。當中除了有校長透過關係找到的、有熱心朋友居中介紹的，也不乏有主動來找我們的。而這些對我們伸出援手的企業或單位，完全不是想要利用景美女中拔河隊達到什麼商業目的，而是純粹的支持我們。

例如仁寶電腦、阿瘦皮鞋、富邦文教基金會、松山慈祐宮、木柵忠順廟、雙連文昌宮、1111人力銀行、中華電信、FILA公司、創略廣告公司、楷模公司、優乃克公司（YONEX）等單位，全然是出自於體恤孩子們辛苦付出，想給予他們更多的支持和爭取榮耀的機會。其中，喜生米漢堡的贊助最是特別，他們每個月捐四百八十個漢堡給排球隊和拔河隊的隊員當早餐或宵夜吃；還曾經在世貿的店頭中，舉辦「每吃一個米漢堡就捐五元給景美女中拔河隊」的活動，光那家店第一個月就捐了五千多元。之後，在大賣場陸續舉辦「吃一個米漢堡捐十元」的活動，每個月廠商都拿著捐款箱來學校，我們眞的十分感謝。

也有像黑松以及HTC這樣的公司，在進行贊助時更是低調到不行，不要求看企劃書、不用聽取報告，甚至我們主動提議在比賽前舉行授旗加油儀式，或在比賽服裝上放置企業logo增加曝光度，對方一律回覆：「不需要。」

而曾經資助過景美的單位，只要我有留E-MAIL的，每回出國比賽結束後，我會向大家報告我們的戰績，讓他們知道以往的投資並沒有浪費。因爲每一分贊助金額，都是一份期待，看到比賽穿的拔河衣上面企業logo越來越多，選手們和我都知道自己的責任和壓力更大了，再也沒有退縮和偷懶的藉口。

爲了往後每年都有很好的成績，能不斷地跟曾經幫助過景美的各位分享，我們會努力、勇敢，不辜負大家的期望！

7. 拔河，是犧牲

我們練習的時間，沒有比別人多，但是休息的時間，卻比別人少。

想贏的代價

「總有一天，我要穿著這條裙子去逛街！」這是一位選手，也是一位女孩對身旁夥伴立下的目標。

聽起來可能有點無厘頭，但對這群十幾歲的女孩來說，這居然是個「夢想」。尤其當她們的青春被上課和練習填滿的時候，穿裙子逛街是非常重要的想望。

在每個高一新生來到拔河隊報到時，我都會不厭其煩的重覆幾件事：我們是普通班，會要求學業成績，訓練很辛苦；待在學校的時間很長，沒有周六日、沒有寒暑假；還有，教練很兇。想清楚了，大家再一起努力。

簡單的幾個條件，卻幾乎涵蓋了她們生活的全部，尤其我們不是專門的體育班，往往會讓有些條件不錯的選手打退堂鼓。對學生來說，就讀體育班的優點在於班上同學的素質相近，大家運動水準相當，對學業成績的要求也差不多；雖然訓練的時間長，但上課時數少，自然休息的時間就多了一點。

既然體育班看起來有那麼多優勢，爲什麼景美女中要把選手打散在普通班級中呢？其中最主要的關鍵，是不希望她們的未來只剩「拔河」。

其實教育局每年都會行文到學校，例行性的詢問學校有沒有成立體育班的意願，在收到公文時，體育組內的老師們就曾經討論過，認爲沒有成立的必要。二〇一〇年世界盃室外拔河賽之前，有一度因爲比賽經費上的困境，而猶豫是不是應該要成立有補助的體育班，最後大家還是決議不成立。

不是體育班，勤奮就有好成績

成立體育班並不是行不通，但是學校的教育方針，更在乎學生們在高中畢業後的發展。把學生編入普通班級裡，和來自不同家庭背景、不同興趣專長的同學們一起學習，接觸到的知識和學科都會比體育班學得更豐富多樣。向不同人多看、多學習，能打開女孩們的胸襟和眼界。

在普通班上的拔河隊選手，白天和一般學生沒有差別，每天必須上滿八堂課。早晨利用短暫的時間晨操，下午五點放學後，每個星期還有兩天得特別加強英文及數學。其餘的時間，就一路練習到晚上九點收操回宿舍吃飯。到了假日，朝九晚五的固定練習跑不掉，寒暑假照樣集訓，以二〇〇九年九月到二〇一〇年九月爲例，一年之中眞正休息的時間大概只剩下過年三、四天假期了。再加上，如果考試考不好或者成績退步了，女孩們除了會被班上老師罵還會被我轟，所以她們得找時間念書，休息時間自然比別人少。

這群女孩，犧牲了休假、玩樂，課餘時間就要到體育館集合，和訓練器材、拔河繩、拔河機，以及我這位魔鬼教練相處。手上的厚繭不能算是傷，只能算是人體的自我保護，身上看得見和看不見的傷痕印記，都是當位拔河選手必須付出的代價。當然，還有外界很好奇的「不能談戀愛」鐵律，老實說，我不知道高中談戀愛到底好不好，但是父母把小孩子送到學校來住校，在未成年之前，我就有責任代替家長來約束孩子的行爲。

我有最快樂的時光，不是犧牲

除了晨操時間之外，所有練習時間我都會在一旁監督，畢竟有教練在一邊盯著，同學們才會乖乖的練習。近年來我習慣把練習的過程拍成影片，晚上回家後，再加工把影片看完、剪輯和上傳到Facebook，隔天就要學生們自己看並修正動作。雖然實行後的效果不錯，但是原來已經很少陪家人的我，晚上更沒有時間和他們相處了。

太太其實一直很包容我的忙碌和專注，把家裡兩個還在念小學的孩子照顧得很好，但是我心中仍然覺得對他們很愧疚。她很少抱怨我什麼，只有當我把學校裡的負面情緒帶回家、很兇地罵孩子時，她會提醒我：「他們還小，也不是你的選手。你現在不多陪陪他們，等他們再大一點就不理你了。」

我覺得太太說的有道理，於是想出在假日練習時，把孩子帶到學校來的方法。沒想到才幾次，太太就阻止我再帶著孩子來練習，因爲他們老是看到爸爸生氣在罵人！後來，我終於找到了平衡的做法，那就是每天早上太太上班後，由我帶著兩個孩子去上學，即使起床、吃早餐、騎機車到校門口只有三十分鐘的時間，但已經是我們父子三人最平和寧靜的相處時光了。尤其是下雨天，我們父子三人不騎機車，手牽手一起走路去上學，最是令我感到滿足！

好幾次父親節，兄弟倆都忘了送我父親節卡片，我稍微抱怨了一下，兩人都說好「下一次」會送，但身爲老爸的我，難免還是有那麼一點點失落。

幸好，這群平日被我大小聲、又兇又吼的拔河隊學生，在各種重要的節日時從來沒有忽略過我。時常，一張大大的手工卡片裡，寫滿了女孩的祝福和心聲，就悄悄的放在我桌上，也悄悄的彌補了我那一點點的失落。

什麼是「犧牲」？什麼是「責任」？如果一直相信有更好的結果在等著我們，大家又何必計較究竟犧牲了多少呢？

8. 拔河，是喜悅

沒有一百分的實力，就要盡一百分的努力，得到最好的結果。

苦樂參半的運動

痛苦之中隱含的美好不是人人都能欣賞，即便是日後能從中受益的人，都不見得能體會，耕耘的過程越是辛苦，收穫與喜悅會呈倍數成長。拔河，就是這樣一項奇妙的運動。

自己當選手時，從拔河中體驗得到的喜悅很短暫、很粗淺，練習了好久，那種感覺往往發生在電光石火的瞬間，是一種忽然明白了教練或是學長在說什麼的心領神會。只不過缺乏自主性的目標，這種一閃即逝的樂趣，無法讓你支撐太久。如果決定一直與拔河爲伍，我勢必得爲自己找個目標。

在景興國中任教時，晚上多半會回臺師大校友隊練習，享受十個大男人並肩作戰的感覺。有時候，林聯喜學長和吳瑞祥學弟會帶西松高中女子隊的學生來臺師大分部練習，看到學長和學弟可以代表國家帶隊比賽，心裡有些羨慕。漸漸地，想要成爲國家代表隊教練的念頭越來越清楚，哪怕是只帶一次也好！

機會總是留給準備好的人。當時，景美女中的林柔里教練剛好準備退休，問我想不想轉換跑道。我想了幾個月，雖然要割捨感情融洽的同事和一起奮鬥的學生很難，但爲了實現自己向更高層級難度挑戰的心願，我決定要接下這項挑戰。

剛進入景美女中後不久，全校的女同學讓我這個大男生不太自在，每次走在校園中頭都低低的。我帶的第一屆拔河隊員裡，有從各所國中保送上來的選手，也有一般生。有時候我經過學生旁邊，會小小聲聽到她們說：「小心，熊來了！熊來了！」在這群女孩眼中看來，我壯得像頭熊，又兇又猛，生人勿近。但事實上，第一年帶的隊伍中因爲有要準備升學的一般生，所以我相當收斂，和在景興國中時的兇是小巫見大巫。等到第二年全部招收體保生之後，我才開始徹底實施鐵的紀律。

二〇〇九年，景美拔河隊取得了隔年前往義大利參加世界盃室內拔河賽的代表權，由於是國家代表隊的選拔，校長、主任、家長會和體育老師幾乎全數出動來加油，選手們更是全力以赴；我才了解到，原來爭取國家代表隊教練的資格是這種感覺！接下來的集訓雖然很辛苦，但這是我們第一次代表中華臺北出戰，我們全都卯足了勁一起練習。

終於，比賽前我們踏上了義大利國土，雖然當地氣溫接近零度，但大家心中熱血沸騰。原本很擔心選手們吃不慣當地的飲食會影響比賽，沒想到一到選手村，女孩們看到眼前無數的炸雞薯條樂得大口大口的吃。

雖然大家吃得很開心，但第一次參加國際比賽，面對眾多的觀眾和其他國家高頭大馬的選手，緊張感卻隱藏不了，即便失常，我都認爲是理所當然。但我不能和學生這樣說，因爲試煉才正要開始。越早面對和習慣，就越早能獲得優勝。

在預賽時我們贏了勁敵中國隊；冠亞軍決賽時，第一局我們落敗了。但是這群小女孩了不起的地方，就是能迅速地調適心情，找回自己的繩感和力量。在接下來的兩局發揮潛力，以二比一打敗了中國隊，在生平第一次的國際賽事上，奪得了第一名！

成功挑戰不可能的任務

「贏了，高興一下下就好，因爲我們還要迎接下一場挑戰。」這是我常和學生說的話，也是我常和自己說的話。我的下一個目標，就是亞洲人非常不熟悉、也幾乎沒有拿過獎的「世界盃室外拔河錦標賽」。

沒想到，當我一宣佈要參加南非世界盃室外拔河錦標賽，學生紛紛表示這是個不可能的任務！我不認爲。我的想法很單純，要幫學生爭取一個無人可以取代的資歷，而且過去臺灣在國際室外拔河賽裡每一場比賽都是輸，所以即使我對室外拔河沒有什麼把握，但是憑著「只要贏一場，就是進步」的傻勁，帶著一群女孩整日在泥濘裡日夜操練，應該可以達到目標，即使是第四名都好。

在練習的過程中，我知道選手們心中的懷疑和恐懼從沒消失過，這次的訓練的確比室內拔河艱困許多倍。

正式比賽時，由於約翰尼斯堡的海拔較高，空氣稀薄加上過度緊張，在一場和世界冠軍對伍——瑞典比賽時，有選手在換場時吐了。我先確定她的身體狀況後，依舊讓她上場繼續拉。大半年的苦練，在今時今日開花結果，當大家腳步一致、越退越多時，我們都知道「勝利要來了！」果然，它再度來到。

累積幾個月的懷疑、抗拒、痛苦，全都不敵這一刻的極度喜悅！你不得不承認，一向被視為冷門運動的拔河，的確有它的迷人之處。當下，我打破了自己以往定下「贏了不能大聲歡呼」的規矩，把雙臂高高舉起，在場邊跳著歡呼著。無論是比賽的選手們還是在一旁加油的隊友都大聲哭了起來，因為她們眞的很辛苦，也眞的贏得了這次比賽，那是驕傲與喜悅的眼淚。這次的勝利著實得來不易，也著實刻骨銘心，它不僅是臺灣的首次勝出，也是百年以來，亞洲隊伍第一次拿下的世界冠軍。

二〇一〇年，是學生、我自己和整個景美團隊豐收的一年，雖然在南非室外賽歸來時，有人開玩笑地說這個冠軍來得太快，是個「早產兒」，但是我並不爲意。兩年之後，在瑞士舉行的世界盃室外賽，中華臺北代表隊以臺師大、景美、國體大聯隊再度把冠軍獎盃留在臺灣，我很清楚，我們已經茁壯、穩定成長了。

我相信，景美女中拔河隊已經走出一條自己的路，也爲景美女中團隊和贊助單位感到驕傲。只要努力付出，沒有什麼事是不可能的！

我喜歡拔河，喜歡那種團隊的感覺

許祐寧

（新和國小體育老師，從景興國中拔河隊開始即爲郭教練團隊中的一員）

郭老表達關心的方式是先罵，但我知道他是用這樣的方式關心我們。

來來回回的拔河之路

從小學時，我就參加拔河校隊，當時覺得這項運動很好玩；尤其當團隊一起拿到全北市第一名時，更是有成就感。上了國中，也順理成章的進了由郭老帶的拔河隊。一進去，才發現訓練過程和小學時眞是天差地別，簡直可以用恐怖來形容。

每天早上要晨操，下午要練繩，接近比賽時，連中午都得練習。好幾次想離開，礙於團隊、礙於郭老，我還是留下了。記得時常一開學，教練新招了好多隊員，練習完喊聲的時候，圍了好大一圈，練習沒幾天，就發現那圓圈縮小一半。

即便如此，我們仍舊在郭老的帶領下，得了不少次的比賽冠軍。藉著拔河，我保送景美女中，得知郭老也要去帶拔河隊，內心難掩興奮與喜悅的衝進辦公室大聲問：「教練，你也要去景美喔？」郭老趕緊把我拉出辦公室，責怪我這麼大聲；我才知道，原來其他的老師都還不知道這件事，郭老準備要說之前我就大聲嚷嚷，讓他尷尬極了。

就這樣，我和郭老一起來到景美女中拔河隊。一開始進來時，許多一般生學姐不習慣他的帶隊方式，叫苦連天；後來得了全國冠軍，才發現跟著郭老練習絕對沒錯。我們之後一起跟著他獲得連續好幾屆的全國冠軍。高二下學期時，郭老讓我們這些選手回去準備指考，因爲接下來的比賽有高一學妹可以代表學校參賽，在當年，我順利考上了國北師體育系。

直到二〇〇八年，我大二的時候，郭老找我回來參加世運會選拔賽，冠軍隊伍可以參加在高雄舉辦的世運會；這是拔河比賽的最高獎項，也是郭老和我們第一次離國家代表隊的資格這麼近。當時國內選手的選拔資格必須滿十八歲，景美高三的學生只有少數幾位符合資格，於是這支隊伍就由景美高三生、國體學生以及我組成。當年，我們因爲種種原因沒有奪得資格，郭老受到的打擊很大，一直說對不起大家；當場，大家都心知肚明是非戰之罪，全部哭成一團。最後，這支隊伍也默默的解散了。

世界盃冠軍之後，練習才開始

直到二〇〇九年九月，得知選手資格修改到十六歲，郭老又找我回去參加義大利世界盃室內拔河錦標賽的選拔，我再度回到這個隊伍。這次，我們贏了，實實在在的贏得了世界盃錦標賽冠軍；我們眞的做到了。但是，贏了，不是終點，而是開始。緊接著迎接我們的，是更多的練習與考驗。以前只需撐三分鐘的練習，如今要撐六分鐘，甚至有次我們拉拔河機攻頂支撐了十一分鐘，這些都是以前參加國內賽從沒有過的訓練過程。

拔河這項運動，重量訓練很重要，如果原本的力氣有二百分，技術夠好能全數發揮；技術不夠好至少能發揮一百分。但如果原本的力氣只有一百分，技術再好也只能一百分。所以耐力之外，重量訓練也是郭老要求的。

在二〇一〇年以前，臺灣拔河女子代表隊從來沒有在室外賽的國際比賽中有成績，郭老不知爲什麼，忽然宣布要參加。我愣住了，不要說學妹們只比過國內教育部的比賽，由於我就讀的大專沒有隊伍參加，我是連練習也沒有過，現在忽然要開始訓練，我實在無法理解與接受。於是，毅然和郭老提出說想退出，郭老也尊重我的決定。

那一年，我剛大學畢業，準備要去小學實習。雖然很想參加二〇一三年的世運會比賽，但距離當時還有三年，這中間會發生什麼變化都不知道，況且我初擔任教職，能不能適應也還是未知數；最重要的是，郭老訓練的方式實在太嚴格了。從義大利回來後，我們一夕之間成為臺灣之光，這個榮耀讓郭老更加想證明成功不是偶然，加強的結果就是大家都想離開，但唯有我，是眞正離開了。

接下來一年，我看著手上的繭一點點的剝落；常常，一邊看著因爲教游泳，手長期泡水而變軟的繭，一邊想著如果我現在還在拔河隊會如何。就這樣到了二〇一一年九月，郭老留訊息給我，問我要不要回去幫忙，因爲隔年二月蘇格蘭的世界盃室內錦標賽必須要有兩支隊伍，五百公斤的隊伍少人。我想了幾天，決心過去幫忙。

雖然手上的繭已經不見了，我得重頭開始，但郭老的認眞與我想參加二〇一三年世運會的心，驅使我回去。直到現在，我從沒有後悔過。

拔河在練習時很枯燥，沒有投籃得分、接殺成功、打擊出去的成就感，只能握著一條繩子，不是拉長距離，而是拉長時間。但我還是喜歡，喜歡團隊的感覺、喜歡大家享有榮耀的成就感。

很多人都覺得郭老很兇，很難溝通，我也不例外。但跟著他這麼多年，來來回回隊伍幾次，我看到的郭老是眞心的關心我們，不只拔河成績，更多的是我們的態度。遇到師長要問好、客人來了要倒水，勝不歡呼、敗不哭，受傷是對團體的不負責、對自己的不夠保護，這些，都是郭老以身作則教我們的。

最後我要說，郭老、景美拔河隊，謝謝你們豐富了我的生命；無論將來會如何，對我來說，這些年都是最棒的一段歷程。

9. 拔河，是認同

家長願意把他們最重視、最棒的孩子，送來我們學校，就是最好的認同。

用行動來認同

不諱言的，許多家長都認定「拔河」是項沒有未來的運動。在所有的運動中，打籃球一向是首選，不但能鍛鍊體魄，或許還能讓小孩子有長高的機會；棒球是臺灣的國球，也是很適合體格不高大的亞洲人從事的職業運動；學跆拳道有機會參加奧運，奪金牌成爲臺灣之光。而拉拔河有什麼好處呢？未來的出路在哪裡？這些問題讓這個原本就不受人注意的體育項目，更加讓人卻步。當下，我的確無法反駁，一切只能靠行動來扭轉。

我必須承認拔河是一項很沈悶且辛苦的運動，尤其選手統一要住校，大多數的時間都在讀書和練習。這些還未成年的孩子，久久才回家一次，卻帶著破皮長繭的雙手和滿身的傷痕一同回去，這對父母來說是很大的震撼。這時候，這些早熟的孩子們，總是會回頭來安慰父母說：「沒關係啦，這沒什麼！」父母也只能相信孩子自己的選擇。

但是，並非所有家長都支持小孩的決定。有些家長很希望把小孩送進來後，可以爭取保送臺師大的機會；但也有家長明白表示不想讓小孩子繼續升學，認爲就算讀了書也不見得能找到好工作，還多浪費四年時間，應該趕快畢業去賺錢貼補家用才實際。爲了留住學生，也爲了讓孩子有更好的出路，我會盡力說服家長；但大多時候，多半是靠女孩們以實際行動讓父母看到她們的改變。

讓孩子們學習爭取認同

之前，我一直看不慣一位學生的髮型，不但剪得快比我短，每天還抓得像雞冠一樣，明明不是壞孩子，卻想標新立異作怪。爲了讓她規矩一點，我要求她頭髮不能豎起，要平平的才行。有時候可能是來練習前才壓平的，前面的頭髮合格了，後面的還是翹的老高，一看就知道平常她還是雞冠造型。

有一天學校教官和我說，這名學生的媽媽打電話到教官室抱怨，叫拔河隊教練不要只教拔河，人生的道理也要教。她的女兒到景美來之後，剪了個奇形怪狀的雞冠頭。當下，我回覆教官說我會處理，立刻把她叫來說：「再把頭髮弄得奇形怪狀，就把妳頭髮剪光，再不然請妳退隊離開。」她才勉強答應把頭髮留長。

雖然這個學生有點叛逆，但是拔河的技巧很好，對團隊向心力十足。媽媽覺得她練拔河練得渾身是傷，又沒有未來，基於自己的宗教信仰，幾度希望她能退隊回鄉去道場當義工。但是我知道小孩子心裡其實不願意，她和同學們的感情非常好，捨不得離開。有了這份信心，當她媽媽打電話和我說要她女兒退隊時，我才敢放膽說：「好，我會尊重學生，以她的意見爲意見。」讓孩子用自己的方法去說服。

有一回，她的家人生病必須請假回家，我心裡有著她回家後就不再回來的擔心。她看出了我的憂慮，和我說：「教練，你放心啦，我媽如果眞的不讓我回來，我也會想辦法跑出來的！」雖然得到孩子這樣的保證，但對於家長們的決定，我們還是得尊重。

另一次，這位學生的媽媽又反應說她來臺北念書之後，變得愛慕虛榮。去義大利比賽用的行李箱明明還好好的，硬要換新的；家裡放了一堆衣服不穿，也一直想買新的。我知道後就故意兇她說：「妳這次敢買新的旅行箱試試看，如果買了也不讓妳用，只能用垃圾袋裝衣服，提著上飛機！」

她很委屈的解釋，是媽媽拿給她的行李箱輪子壞了，她只是想看家裡還有沒有別的，媽媽就聽成她想買新的。而所謂的「新衣服」，其實是學校發放的新隊服，因爲平常都穿隊服，所以家裡的衣服就放著很少穿。這或許只是母女溝通上出了問題，無論孰是孰非，我們能做的，就是讓家長放心。

如今，這名學生已經在臺師大就讀，外表乾淨整齊，仍是我們隊上的主力選手之一！

認同自己的錯誤並更正

要帶領這些孩子，高中時還能用威嚴鎮住她們，但上了大學隨著年齡增長，女孩們有自己的想法，對於教練的質疑也變多，這時，光靠「兇」已經行不通了。

以前她們偶爾對動作有所質疑時，我可能只會丟下一句：「妳做就對了！」沒有討價還價的必要和空間。但面對升上大學的學生，因為技術比較純熟，到外界觀摩的機會也變多，所以每當有同學提出疑問時，我除了口頭解釋，還會找出某一段她們在練習時我錄下來的影片，以慢動作播放與解說，證明我的理論依據。學生們常會驚訝的問我：「教練，你什麼時候錄的？」其實，我也是因為參加了許多國際比賽，看到其他國家的表現，再對照自己的選手，發現有不對的地方就錄下來。選手多半有盲點，用影片說服她們認同自己的錯誤，往往較容易更正。

還有一位外界公認難以駕馭的大學男子隊選手，在高中時期就很讓教練頭痛，因爲要參加二〇一一年中國治力關盃國手選拔，組成男女混合組比賽，來到景美和我們一起練習。過程中他問了我一些動作上的問題，他自己試了幾次後，就接受了我的說法。之後他的高中教練知道了有點吃味，開玩笑地對這名選手的說：「這個動作我叫你改了多少次，你都不肯改，去了郭教練那邊一次你就改了，是我教得比較差嗎？」

說穿了，並不是我特別厲害，而是因爲我讓他看到自己的缺點，再請他學習別人致勝的優點，最後眞正讓他認同的，是自己心裡的聲音。一旦我們有了堅定的信念，才會傳染給周遭的人，讓家長認同自己的孩子，認同我們的做法，願意把最珍貴的孩子託付給學校。

10. 拔河，是不驕傲

贏，高興一兩天就夠了，之後冷靜下來，迎接下一次挑戰；輸，要記得這個感覺，直到下次拿到好成績。

贏了，不歡呼

從我帶景興國中拔河隊起，就立下一個規矩：比賽輸了不能哭、贏了不能歡呼。

哭，只是表現出自己的懦弱與無計可施，對於這次的結果以及下次的比賽沒有任何幫助，倒不如把哭的時間和力氣，拿來想想改善的辦法。而贏得勝利，固然值得高興，可以開心的笑、擁抱隊友，但在場邊得意忘形地叫喊，就是對輸的那方不禮貌了。

雖然感覺似乎讓學生過於壓抑，但這是我確實的切膚之痛。還在臺師大校友隊時，我們曾經在某次比賽輸給了一群高中生，對方又叫又跳的比動作挑釁我們，當下著實很不舒服。之後，自己從景興國中帶隊開始，就要求選手要謹記這個規矩。

但在二〇一〇年南非世界盃室外拔河賽的決賽中，當中華臺北打敗了瑞典隊，拿下一百多年來亞洲隊伍第一次的金牌時，我也忍不住激動的大叫了。選手中有人哭、有人抱成一團，也有人悄悄的歡呼。看著這群女孩對於歡樂的不敢表達，實在也於心不忍，之後我即對隊員們說在國外歡呼沒有關係。每次聽到學生們在計畫著，這次贏了我們要翻觔斗、把人舉起來等等，但沒有一次眞正敢做，我想，應該也是習慣贏了要低調的原則。

二〇一一年的歐洲盃室外拔河賽，當我們得到公開賽冠軍時，並沒有做太明顯的歡呼動作，其他的國外隊伍看了覺得納悶，還問隨隊翻譯的吳念芝老師：「爲什麼妳們得了冠軍好像不太開心的樣子？」他們哪裡知道是因爲魔鬼教練立下的規定，久而久之，大家也就習慣了。

一生受用的觀念

雖然這些學生都是我的選手，但我認爲拔河不能拔一輩子，從拔河運動中體會到的哲學，才是終身受用的。所以我總是向她們唸些與拔河技術無關的事情，像是：看到師長要打招呼、上課不要打瞌睡、不要遲到、要懂得謙虛、多包容別人、做事不要強出頭、偶爾吃虧也無妨和重視團隊……等等。這些看似囉嗦的教條，說多了、說久了，聽在已經十七八歲的女孩們耳裡，似乎挺管用的。

爲了讓小孩子們不驕傲，有時候我也會拿話酸酸他們。例如參加國內的比賽時，經過會場時看到國小組的比賽，我就會指著國小隊伍說：「人家國小的選手都不會跌倒，哪像你們這些世界盃的選手，一拉就跌倒，比小學生還不如。」其實她們哪裡像我說得那麼差，只是在教練眼中，再好的選手永遠都有進步空間。

即使發自內心的稱讚和鼓勵，都得因人而異。有一位我認爲是全國女子拔河隊中最好的選手，明明她拉得很棒，但是她平時已經是個非常自我感覺良好的小孩，我就不想讓她知道這個事實，以免她膨脹過了頭。對於其他比較缺乏信心的選手，則要找適當機會多去鼓勵她，增強自信心。

阻止大頭症發作

我很了解選手的心態，當完成了階段性的訓練後，對於一項運動的價值，就會有不一樣的觀感。

自從二〇一〇年我們完成了世界盃室內、室外最高等級的比賽之後，選手們會覺得自我目標已經達成，在這個領域裡已經到了顛峰，平日乖巧的學生，也不免會有「大頭症」的出現。在訓練上變得懶散、積極度明顯變差，這些還算是好的，最讓我不能接受的是，指導學妹的態度和口吻開始不耐煩，甚至會罵：「齁！怎麼那麼笨，教都教不會！」一副深怕別人不知道她拿過世界冠軍的樣子。曾經有一度，有些畢了業還回來幫忙拉拔河的學姐看不過去，覺得團隊氛圍已經變質了，自己又無法改變什麼，於是找藉口說想休息一陣子，其實我心裡一清二楚。

遇上這種情況，即使是拿過世界盃冠軍的選手，我也照罵不誤，因爲在我眼中，她們永遠是我的選手，不是世界冠軍。我希望大家能記住，自己也曾經像學妹們這麼的生澀，一樣受到學姐的照顧。能夠有現在的成績，不是因爲妳原本就很厲害，靠的是長久以來流汗、流淚的練習，何況每一次的冠軍都是短暫的，如果不努力，下一次的勝利就不見得屬於妳了。讓學生自己去回想過往種種歷程，知道成績得來不易，應該要包容別人更多，而不是以此自滿。

對別人態度高傲，無助於提升自我，尤其這三年參加國際比賽的次數密集，我不想讓勝利的結果干擾了例行的訓練，因此不斷地教育選手們，拿到冠軍可以高興個一、兩天就好了，重要的是趕快讓自己沉澱下來，重新歸零後，再投入下一次的訓練，否則勝利可能只是曇花一現，無法長久。遇到比賽輸了，卻不能馬上忘記，要強烈地記住當下的感覺，檢討自己輸在哪裡，等到下次比賽再次獲勝，才能對於上一次的失敗釋懷。

如此嚴格的要求選手，並不是因爲我要刻意打壓，而是因爲我曉得有能力阻礙我們進步的，不是運動場上的競爭對手，而是潛藏於心的驕傲自大。尤其臺師大、國體大、景美女中團隊既然有了曾經到達頂端的記錄，就算已經無法超越了，也要想辦法繼續延續下去；如果沒有維持住，就是退步。

這些認知與決心，是我替學生驅除驕傲開的一帖處方，入口時或許會有點苦，但只要對團隊和未來成績有幫助，就請女孩們把吃苦當吃補吧！

這面屬於景美、郭老與我的金牌

施昭伃（臺師大體育系二年級）

二〇一二年世界盃室內拔河錦標賽，我在蘇格蘭參加了三場比賽，得了三面金牌，我把一面送給郭老，謝謝他對我的肯定。

只要多撐一秒就是進步

從小，我就不喜歡運動，時常被人家說肢體不協調，爲了證明我也有專長的體育項目，小學時即進入拔河隊。直到國中，同屆的隊友中，只剩下我一人還繼續拉著這條我深愛的繩子。

當時，景美的郭教練（郭老）和國中時的教練說好，我和另外兩位同學升上高中後就直接去景美就讀。剛進來很不習慣，不是因爲郭老很兇，而是因爲有很多國中沒有碰過的重量訓練。

記得那個暑假，我一邊要做重量訓練，一邊還要適應學姐的嚴格，既怕練不好，又怕自己無法讓隊上在中正盃中連霸。其實我一直覺得自己的技術還不錯，應該可以上先發，但那時忽然狀況很差，陷入低潮。第一次參加中正盃比賽時還排在候補，我很難過，但難過之餘也感受到自己的不足，只好重新來過，一步步從練習中感受進步。每次練習，心中都想著只要多撐一秒就是進步。

沒想到，二〇〇九年升高二的暑假，拔河協會忽然宣布下修年齡，當下，我們的目標從全國冠軍連霸晉升到爭取國手資格的選拔，最後成爲世界盃冠軍；而對手也從賽場上時常見面、一起切磋的好朋友，變成素未謀面、金髮碧眼的外國人。因爲不知道對手的實力，大家都非常賣力的練習，無論有多累，就是想拚拚看，也想知道自己能做到什麼程度。從八月得知年齡下修，到國內選拔選上的那一刻開始，每個人都一直練一直練，即使沒有回家、沒有放假也不以爲苦。

由於我通常站在中間約第四或第五個，中間位置的人沒有前面的人可以帶，也沒有後位可以拉住繩子，要非常專心的聽教練的指令，不然很容易跌倒；再加上看不到前面同學的動作時會更加害怕，這時練習「專注」、戰勝「恐懼」成爲技術之外最重要的事。

壓力大時記得要說出來

當然，我們和「二〇一三年世界運動會」這個終極目標，從二〇一〇年義大利世界盃比賽奪冠之後，距離就拉近了許多，但在那之前，還是得經過無數次的考驗。

像在南非的世界盃室外拔河錦標賽，就是從義大利回來的另一次大挑戰。那是我第二次看到室外用的綠色繩子。

第一次在義大利看到練習用的繩子時，還沒想到原來國外的室外比賽是用綠色塑膠繩。所以當教練一宣布要參加世界盃室外賽，大家仍不以爲意的想：「不就是要穿著布鞋，在類似學校沙坑一樣好玩的場地上拉嘛！」沒想到，這個項目居然是要穿著有鐵片的鞋子，在都是泥土、沒有河道範圍的泥濘上比賽。因爲沒有比過，完全無法想像、沒有概念的我們，只能從0開始往上衝，藉由郭老以前從國際室外賽拍回來的影片一步步的練習。

有一次練完大家都超累，回宿舍之後忽然開始大哭，哭完就睡覺，隔天還是繼續練；因爲這是我們的使命與責任。哭完之後，仍舊得繼續拉著繩子、繼續吃著廚房阿姨留給我們增重用的飯。

其實，這幾年的冠軍帶來的壓力，影響最大的除了郭老之外，就是景美的學妹們了。上大學後，我們要去比賽前，班上同學都會說妳們一定會拿冠軍回來，但是，得冠軍何嘗容易。許多人沒有看到選手們訓練時的辛苦，總覺得一次得冠軍，往後就會得冠軍。我們都尚且如此了，學妹們的壓力一定更大。所以我想和學妹們說：「遇到困難一定要說出來，無論是對隊友、室友或是老師都好。」因爲我自己也是這樣走過來的。每當想離開，就和朋友說，藉著彼此的加油鼓勵，想想當初進來時的初衷，哭一哭、睡一覺，隔天也就好了。

當然，郭老是最辛苦的。每次比賽前，爲了練習，大家有多久沒回家，他就有多久沒回家，甚至整晚都在研究戰術沒有睡覺。雖然在準備去南非比賽那一次，我非常討厭那麼兇的郭老；那時，只要有已經上大學的學姐沒有回來練習，他就非常生氣的對大家開炮，常常被流彈打到的我們，可以說是郭老罵得最兇的一屆了。

但我很感謝郭老在二〇一二年蘇格蘭世界盃室內比賽時對我的重視。一位選手一次比三個量級，是何等的榮耀，郭老居然讓我擔此大任。記得那時，當郭老派我和男子組搭配混合賽時，我腦袋頓時一片空白，直呼怎麼可能；接著緊張，深怕拉不好的情緒即湧上來。但我告訴自己不能逃避，一定要穩住，一局一局的過，最後總算拿到了冠軍。回國後，我把一面金牌送給郭老，因爲這面金牌不僅屬於景美女中、屬於我，也屬於他。

TPE

PART 3

破繭而出的冠軍

從來沒有想過自己會站在國際舞臺，而且還是室外賽，當比賽結束大家興奮的跳起來時，我好感動，付出的努力有了收穫，一切都值得了。回國後，我們回到了最初的起點，在南非的每一個畫面一幕幕都出現在我眼前。好捨不得南非的一切，南非僑胞的熱情，我不會忘，因為那是一股充滿溫暖的力量，謝謝你們，有你們的幫助我們很幸福。

——鄧郁潔

（摘錄自二〇一〇年南非世界室外拔河錦標賽感想）

11. 拔河，是鼓勵

輸了第一局，換場時郭老在一旁給我們信心，幫我們打氣，場邊的僑胞和國外的朋友替我們加油，我們誓言要拿冠軍。Chinese Taipei，妳行的！

——卓旻鈴

運動場上的激勵

「中華臺北，加油！」

運動比賽在某方面來說和作戰很像，需要一鼓作氣的力量；找到對的激勵方式，在比賽中能讓運動選手腎上腺素飆升，拿出最佳表現。

「行不行？行不行！」

「行！」

「妳們記得練習時的辛苦嗎？我們這麼努力，實在沒有輸的理由。」

「對手應該已經到耐力極限了，只要多撐一秒我們就贏了！」

這些熟到不能再熟的對話，就是我們每次快要撐不下去的強心針。

輸了開罵，絕對是毒藥，對於求勝沒有幫助；但鼓勵，有時候不一定只是精神喊話。比賽之前的簡短提醒，快速地提示一遍幾個個人比較常犯的錯誤也是鼓勵，例如：×××記得後拋、×××膝蓋沒有打直、×××不要太過依賴隊友……只要能避免這些缺點，比賽開始就順利得多了。有些選手甚至會把自己的缺點寫在手臂上，像是植入晶片般的種在身體中，在比賽時提醒自己。

拔河河道上的戰役，通常在幾分鐘內就會結束，下了河道之後的操練，則是另一場持久的心理戰。新兵不太會作戰時，在操練的技術上給予肯定就夠了，但是長期作戰的老將，則需要更深層的鼓勵。

幾次的國際比賽結束之後，我要求選手們把比賽的過程寫成心得，不只是留給我，也留給她們自己。讓她們遇到了挫折、倦怠和瓶頸的時候，把親手寫的心路歷程拿出來看一看；曾經，在這最懷疑和艱苦的時刻，自己是如何從失望沮喪中走出來的。

漫長訓練的鼓舞

尤其是二〇一〇年那次南非的室外比賽經驗更是深刻。因爲雖然之前已經有了義大利世界盃室內比賽奪冠的經驗，但其實當時景美女中在國內的室外成績不甚理想。在幾個月密集的操練之後能拿回世界冠軍，對整個團隊來說都別具意義。選手們應該牢記的，不止是結果，而是那份挑戰不可能的精神。

離比賽的日子越來越近了，不過我對室外賽依然還是沒有太大的轉變……當初進景美從沒想過有一天會當上國手，更別說是世界冠軍了，現在我已經有成績了，卻拉的一點也沒有國手樣，所以我不能這樣就放棄……

——王若存

……因爲我的腳受傷，怕會連累大家，但是看見大家的努力，我決定和我的腳拚了，我想用我的毅力去勝過疼痛……

——李洳君

沒有任何資格恐懼，辛苦的練習爲了成績也是爲了今天的比賽，只有不斷的克服恐懼去迎接挑戰，站上戰場的那一刻，我們做好了萬全的準備，就是拚了命也要拉贏對方，輸了也要輸得漂亮。

——卓旻鈴

教練的最佳回饋

其實不止選手們需要被鼓勵，肩負著全隊成績的教練，也從這群孩子身上得到了很好的回饋。

早期我們還沒有出國比賽前，就不時有學校老師對我說，拔河隊的學生和時下的高中生比特別乖也很有禮貌；有時候參加比賽前，只要帶隊經過或做操的時候，也有不認識的裁判說：「妳們的團隊氣氛很好，向心力十足，每個人看起來都很有信心。」聽到這些話，我的回應只是淡淡的說聲謝謝，但是心底卻滿是驕傲！

二〇一二年三、四月間的一場國內比賽裡，突然有一位陌生的國小拔河隊教練拿著小學課本來讓學生簽名，還要我在上面寫幾句鼓勵的話。他告訴我，教科書裡有一課在講景美女中拔河隊的故事，今天剛好遇上我們，希望能請我們簽名回去鼓勵他們的學生。我們從來不知道有一天自己也能變成課本裡的人物，感覺好特別，雖然是股壓力，卻也是種鼓勵。

有時候，遇到沮喪或挫折的時候我也會很想躲起來，但是一想到這些鼓勵，又再度找到繼續帶隊下去的動力。而這些女孩們，除了讓我一直發脾氣之外，也會用少女的做法來鼓勵我。例如我時常在冰箱裡看到一罐罐瓶蓋上註明「郭老」、學生偷偷放的、我常喝的青草茶給脾氣火爆的我；或在每次節慶生日時，收到所有學生合送的祝賀卡片。這些卡片讓其他老師看到了都很羨慕，並不是禮物本身有多麼昂貴，而是這些貼心的舉動是我長期處在壓力極大的狀態下的一帖安慰劑。

鼓勵，是人人都需要的，無論是選手們、教練，還是家長。每次去國外比賽，場邊替我們加油的人越來越多，回國時機場接機陣仗一次比一次還大，甚至還有學生住在南投的鄉親，帶著全村的人掛著紅布條接機。這些接機的人當中，絕大多是選手們的家長，比賽成績對我們來說是鼓勵，對家長們來說更是。這代表父母讓孩子離鄉背井來臺北讀景美女中、參加拔河隊的決定是對的。雖然我有時候會調侃學生說：「妳們現在身分不同了，已經有固定粉絲囉！」但其實，我內心也和她們一樣高興。女孩們面對這種另類的鼓勵方式，往往在露出靦腆笑容的同時，把腰桿挺得更直了。

12. 拔河，是運動家精神

拔河是項沒有明星的運動，靠著隊員們互相扶持在同一條繩子上，發揮共同的默契。

——卓旻鈴

就算輸，也要輸得漂亮！

什麼是「運動家精神」？

我想比較恰當的解釋是：「體育就是和平」、「參加重於獲勝」，我當然沒有這麼宏觀的見解，只是借用現代奧運之父——顧拜旦（Pierre De Coubertin）的名言而已。如果這是被大多數人相信的「運動家精神」，那無論哨音響起後多卯足全力的拚命，待競賽落幕，向勝者恭喜、替輸家打氣之後，一切也應該回歸正常。

一般來說，拔河比賽分出勝負後，雙方會互相擊掌打氣後再離場。不過曾經有過的經驗是，有些隊伍在贏的當下不但又叫又跳、歡呼跳躍，還朝著對手大吼示威，甚至是後位衝到最前面向對方嘶吼的誇張場面。這是一種對學生很壞的示範。

面對任何一場比賽，我始終覺得即使練習得再好、準備得再充分，對於結果也沒有完全的把握。但無論勝算如何，我都會告訴選手：「只要盡全力，輸也要輸得漂亮！」當然，即便是被視爲常勝軍的景美女中拔河隊，也時時籠罩在「輸」的危機中，甚至有幾次是我在比賽前就知道可能會輸，但是身爲教練，就必須和選手榮辱與共。拔河場上他們站著，我就站著指導他們，他們蹲下，我也曲膝跪地。就算輸得很難看，我也要和選手同進退，這樣，才是我心目中的運動家精神。

比賽對峙時，在不觸犯規則的狀況下，雙方各憑本事，各顯神通，做場公平的競爭；下了場，我們都是盡職的運動員。我們的職責，就是必須在比賽中分個你死我活，但私底下見面，大家都是朋友，見面一樣打招呼、互傳簡訊打氣、約定下回比賽見，這，也是運動家精神。

面對惡意批評的修行

隨著曝光量增加，攻訐和批評隨之而來，這是我和選手們必須要面對的一門必修學分，雖然我並不怎麼擅長，但還是努力持續學習著。

我一直很平心靜氣地看待這些針對性的言語，如果是我個人處事上的缺點，我會虛心受教與改進，但如果是對於團隊中一些無的放矢的莫須有指控，我無法理解、也不能接受。對於學生，我更不想用這些負面教育告訴她們什麼是運動家精神。但是拜網路和手機快速傳播之賜，很多事是瞞不住學生的，我想，與其遮掩不如趁機教育她們。

有時候學生聽到外界說一些負面而不符事實的惡意批評，學生們會氣得大喊：「這不是眞的，那我們幹嘛練得那麼辛苦，乾脆不要比賽好了！」甚至是替我和其他教練產生摩擦時叫屈，我也只能和她們說：「除非我們不再受注目，否則這不會是最後一次。」

受到批評，表示我們的學分還沒有修滿，往好處想，也讓我們知道什麼事不該做，什麼事做了會讓對方不舒服。這或許是醜惡事實裡僅存的一點正面意義，讓女孩們了解：「誣蔑和謾罵，不是運動家精神！」

做個自律的傻瓜

說到不挖角，這是運動家精神的另一項指標。

每次比賽，即使練習得再好，還是會擔心陣容不夠強，我當然希望好的選手越多越好，但有些事就是不能做，不要離開這個圈子之後，別人只記得你的惡劣行徑。

例如全民運動會，這個全國性的比賽，往往是選手們代表自己居住的縣市組隊參加；但某天，一個家住外地的選手，原本應該代表當地參賽的，為了代表我們隊上忽然跑來和我說：「郭老，我已經把戶口遷到臺北市了耶！」我聽了大吃一驚，問她為什麼這麼做，有沒有向以前國中時期的教練解釋清楚原因。

她說因爲臺北市的福利比較好，不只她自己，連媽媽都一起遷過來了，她媽媽也跟國中教練說過了。我始終沒搞懂臺北市的福利是怎麼個好法、也不確定國中教練能不能認同她們的說法，只求事情符合原則，千萬別讓自己成爲不認同的那種人。

我承認隨著成績越好、自己的得失心就會越重，這往往會成爲和其他教練處得不愉快的導火線。雖然人人都背負著輸贏的壓力，但是基本的自律和尊重，還是凌駕一切，有些不能做的事情，自己一定要把持住。爲了充實自己的陣容，去斬斷別人的根是很不妥的，以後招生的路勢必越走越窄。招收了多少選手，也只是一時的成績，想要在拔河界長遠發展，必須永續經營，沒有必要因此去得罪人，給自己留下不好的名聲。

可能有人覺得我這個是過時、不知變通的想法，但是同時身爲教練和老師，我不但要繼續遵守，還會要求我教過的學生，在做與不做之間，傾聽自己心裡的聲音，即使是要做個自律、厚道的傻瓜！

運動競賽本來就該有強烈的求勝之心，但是大家也應該更深的體會到，比賽只是一時，人生才是一場漫長的馬拉松。

13. 拔河，是未來

我希望以後能像歐洲隊伍一樣，組成「俱樂部」，大家開開心心的來拉拔河，不是因爲成績、不爲升學而受影響，而是純粹的喜歡它！

大家開心來拔河

如果一項運動是純粹出於個人喜好的自發性行爲，才有眞正的樂趣。臺師大拔河隊的開朝元老之一，也是校友隊的靈魂人物——黃志欽學長就是我一位學習的對象。

他不但在大學時代組織起拔河隊，畢業之後，還把各方校友召集起來再練。爲了擔心大夥工作、練習兩頭忙會產生倦怠，不時得兼任康樂股長的角色，安排一些活動和聚會，喚起大家對拔河的熱情。即使到了啓智學校任教後，他仍然一心一意地訓練這些學生們拔河。他不但爲學校添置了拔河機，還耐心地教導學生每一個動作。眞正愛上喜愛這項運動的人就是這樣，不是爲了能得到什麼特別好處，只是單純的想讓更多人體會拔河的樂趣。

另一位我尊敬的學習對象是我的啓蒙教練蔡三雄牧師。

在成立拔河隊之前，學長們特地去臺師大分部前的古亭教會，聘請了在那裡服事的蔡三雄牧師來指導我們。體格健壯的蔡牧師，並沒有任何運動科班的背景，僅僅靠著自己對運動的熱愛，打過橄欖球、做過健力（舉重）選手，也曾當過國家隊的拔河教練，活力十足。

他認爲運動、信仰和靈修，並沒有任何衝突，他只是想讓更多人參與拔河。所以即使轉任淡江中學的院牧工作，仍舊默默地指導那裡的學生拔河，並教導學生從拔河中悟出很多信仰的道理。

師大畢業之後，蔡牧師仍然對我十分關注，尤其在關鍵時刻的一句話，往往給我很大的力量。二〇一二年蘇格蘭世界盃室內賽女子五百公斤量級的國家代表隊選拔賽中，景美聯隊預賽連輸了兩局；我告訴選手們，剛才的挫敗是因爲輕敵以及自我感覺良好。如果適時運用拔河中「坐地起」的技巧，同時必須掌握不被判三犯出局，或許能把危機化爲轉機。

說這番話時，表面上我看起來篤定，但其實心中很焦慮。趁著中午休息時間，我不斷地和選手們重複地磨鍊這個技巧，果然發揮很大的作用，下午的決賽，終於逆轉勝。

當時蔡牧師說：「郭昇，我一直在看你們比賽過程中，有沒有確實做到『坐地起』這個關鍵動作。當初你以『坐地起』做爲論文主題，果然沒有白寫；這次的比賽，你表現得很棒！」當下高興的，不只是克服眼前的困難以及奪得勝利，最重要的是，我獲得了恩師的肯定與誇獎。

升學之路的暢通

對於學生的未來，我在她們高二時就會不時地提醒她們要及早做生涯規劃，我從來都不認爲景美女孩們拿到「世界冠軍」是拔河隊的重點，我很明白，傑出的比賽成績只是這些努力的孩子們一張通往更好未來的門票。很感謝臺師大張少熙院長在我們二〇一〇年從義大利回來後，協助我們開拔河專長的缺額，讓我們整隊都可以升學，也使得選手得以延續拔河生涯。另外，學校還提供獎學金給這些家境清寒的學生，並特別針對英文加強輔導，以便她們出國比賽時能和國外選手溝通；而曾明生老師因為知道這些學生多半家境清寒，幫她們安排很好的工讀機會。這些安排都使女孩們得以從日復一日的拔河練習與比賽中看到未來的希望。

也很感謝國體大副校長黃永旺、體育推廣學系李再立主任的協助，在體推系開拔河專長的缺額，讓拔河專長的高中生順利升學，並讓選手參加景美聯隊，這才讓我們的臺師大，國體大、景美聯隊更加完整。

無論女孩們未來選擇哪一條路，我們從來沒有放棄過她們，也希望有一天能把自己帶隊的經驗傳承給學生。一旦她們想清楚自己的人生規劃之後，我很希望找到適合的人選，把自己這幾年來的一些經歷和帶隊心得，毫無保留地分享出去，讓有興趣的人朝著專任拔河教練的目標前進。雖然體育老師的教職不多，專任教練的名額更少，但是如果有心，相信還是會一步一步地去努力達成目標。

繩力女孩的未來

讓學生保送大學確實成爲我的使命，但在我心裡，仍然有「不爲什麼而拔河」的夢。

在當國手期間有機會出國比賽，親眼見識到歐洲的拔河隊伍和我們的不同，他們不是國家萬中挑一、刻意培訓的選手，而是用喜歡就來參加的「俱樂部」經營方式。對他們來說，參加拔河俱樂部是一件快樂的事，形式輕鬆、自在，聚會練習時經常是祖孫三代一同來拔河，場上不乏白髮蒼蒼、身體健朗的老先生，尤其是獲得二〇一二年世界盃室外賽男子組七百公斤量級冠軍的「愛爾蘭阿公」，更是我嚮往的目標。

雖然學生畢業後得面臨職場生活，但我覺得工作和練習只要協調得好，兩者並沒有衝突。眞正喜歡拔河的學生們，即使就業後每個星期彈性地撥出一、兩天回來練習，把拔河當成一種興趣，不爲升學、不爲金牌或者被現實的壓力所逼，開開心心的在繩子上與隊友一起努力。就算平時沒空，到了假日也可以回來聚聚，維持住這個運動習慣。

如果「拔河俱樂部」可行，對這個一向被視爲冷門的運動絕對有加分的作用，不僅資深的選手得以持續這項運動，還能維持住這深厚的革命情感。甚至，讓每年還在學校練習的高中生選手們有很好的榜樣，看著和自己走過同樣歷程的學姐們，在完成階段性任務、有了自己想要的工作和人生之後，仍然沒有放棄這條繩子，眞心地把拔河繩當作一輩子的朋友。

衷心希望這群「繩力女孩」不怕吃苦、團結合作的風格，成爲景美女中拔河隊不變的傳統，學妹們以保持學姐的輝煌成績爲永遠的標竿。而步出校園的女孩們，牢牢肩負起將拔河運動中謙虛、紀律、又充滿力量的精神，以景美爲核心，向外擴散的責任。我更期待未來在拔河這個大家庭裡，能見到更多的「繩力媽媽」、「繩力家庭」。

女孩們，我們拔河場上見！

如果妳離開，其他七名隊員怎麼辦？

——阿摩斯（臺師大體育系二年級）

從小，我學過很多東西，鋼琴、電子琴、貝斯……每一樣都中途放棄，唯有「拔河」，我如今還握著。

練習第一天就想走，但我不能

我家在南投，國中時，自己一個人上來臺北念書，學校有位蔡牧師，也是郭老以前的教練，剛成立拔河隊，問我要不要參加。就這樣，國中開始我成了拔河隊隊員。和大家一樣，一開始只覺得好玩，沒有比賽的壓力，頂多參加教育部乙組的比賽。國一時我就常聽蔡牧師說景美女中拔河隊很厲害，就好想像她們一樣。直到有次在比賽中親眼看到她們拔河的姿態，開始驚歎於這項運動的美；和她們握手的瞬間，更是感受到那一雙雙充滿繭的手。

當下，我下定決心一定要進景美女中拔河隊。回家和媽媽說，只得到：「妳休想！」這個答案。後來才知道因爲家裡有長輩也是念體育，發展並不好，媽媽擔心我也會變成那樣才反對。爲了說服爸媽，國三時，我請爸媽一起去看景美女中拔河，他們深深被那種毅力和堅持吸引，終於贊成。我好高興，可以進入朝思暮想的夢幻團隊了，誰知道，一個星期過後，就好想回家。

雖然我國中三年都自己一個人住在臺北，但沒有一天像剛進景美的這個暑假一樣想家。我每天像自閉兒一樣不和任何人說話，洗完澡後就一個人躺在床上，寫日記、睡覺。這樣的日子過了一陣子，終於受不了，我決定離家出走，消失了一個星期。再回到家時，被媽媽唸了一頓：「妳跑去哪裡了？大家都很擔心妳？妳還要練嗎？這是當初妳自己選擇的，快回去。」媽媽一說完，我就覺得很對不起大家，也不想被以前的國中同學嘲笑，於是星期一默默的出現在練習場，乖乖的聽郭老轟。

這是第一次我想走，也是唯一一次真的離開。往後的日子裡，雖然我每兩三個月就會嚷嚷著想走，但沒有一次真正走過，總是時間一到就自動出現。有一次，在高二暑假練南非室外賽時，我又說想走，郭老很生氣的吼說：「好，妳走吧，妳走了之後就不要再回來！」那次，我害怕了，怕郭老真的要我走，怕我不能再拔河，怕我不能再和大家一起奮鬥；想到這，腳就一步也不能動的留在原地。

謝謝郭老給我無數次的機會

我很常受傷，不是因爲不認眞，是因爲很多動作做不到郭老的要求。不知是腦袋破個洞還是怎麼的，我眞的很想做到，做不到時就會想放棄，一旦這個念頭產生，手稍微一不注意就受傷了。郭老看到我們受傷會很生氣，覺得我們不好好保護自己，不認眞才會受傷，所以每次擦藥時都一定要趁郭老不注意。

有次我正在擦藥，一回頭赫然看到郭老站在身後，直直盯著我問：「妳手破掉囉？」「沒有呀！」我趕緊回答。這樣的戲碼常常上演，我想郭老都心知肚明，只是不想點破，這或許是在他嚴厲的外表下一顆體貼我們的心。

郭老常常帶我們去吃東西，也會在學妹和我們練習時說：「拉贏學姐我就請妳們吃東西。」有次甚至和學妹打賭說：「妳拉拔河機攻上頂，我就把名字倒過來寫。」結果學妹眞的攻上頂了，郭老立刻改口：「哎呀，我說的是英文名字啦。」這是郭老可愛的一面。

其實我們都知道郭老和學校對我們很照顧，但十七八歲的女孩，對於未來還懵懂未知，一下子要我們做出決定，眞的會有手足無措的感覺。記得高三時有一天，我們八位即將畢業的隊員被集合起來，郭老直接問我們：「想去讀臺師大的舉手？」所有人都舉手了，唯獨我沒有。郭老很驚訝，要我好好想想，等下再問我。他一離開，其他七位同學立刻圍起來問我爲什麼不想？我回答不出來，但心中想的是，我不想再拔河了，我想自己考考看。但郭老說，我離開了，其他七個人怎麼辦？

想到這，我點頭答應了。

我很謝謝郭老給我這麼多次數都數不清的機會。同學們都笑我說，嘴裡整天說要離開，身體卻一直在這，我想，這是因爲拔河讓我改變了對許多事滿不在乎的態度，教會我堅持不放棄。也希望已經在這或想進來的學妹們知道，要進來，一定要吃得了苦，想清楚之後，就得想辦法盡力做到好。

14. 拔河，是團隊

在這段期間我一度很想放棄比賽，還好有這些隊友幫我加油打氣，和郭老不放棄我、給我機會，我才能順利和大家一起出國比賽。

——秦宜磬

一個帶一個的連鎖反應

在所有團隊項目中，大家一條心的氛圍最重要，只要團隊的向心力夠，這個團隊就能成功。於是，我時常私底下和幾位大專生說，希望她們能擔任領頭羊的任務，只要發覺隊友們累了、倦了，多喊幾聲「加油」大家就會又醒過來。相反的，當有人開始沮喪，想逃離辛苦的練習時，女孩們就會像骨牌效應似的一個個離開。

二〇〇七年的高一新生，是我帶隊過程中最慘痛的經驗之一。當時我很嚴厲，幾乎每位學生都覺得我很嚴厲，嚴厲到這些女孩暑假一進來就想回家，即使不念景美也沒關係。所以當第一個人提出要離隊時，我很緊張的慰留；第二個又冒出來，我開始覺得沮喪，趕緊請其他和學生比較熟的老師以及她們的國中教練幫忙詢問。但多半得到的答覆都是：「練習太辛苦了，和我們想像的不一樣。」再加上當年尚未下修國手選拔年齡的限制，她們參加世界級比賽的機會很少。於是等到第三和第四個紛紛說要走的時候，我已經想通了，甚至做了「這一屆會全部走光」的最壞打算。

當屆收了六名體保生，一個學期之後的寒假，剩下兩個人，其中一位是李汶霖。她說，她也是早就想走了，但學姐對她說：「大家都走了，那教練怎麼辦？要不要再努力看看？」因為這句話，她留下來了。我知道她們的決心，也抱著絕不讓她們失望的意念撐著。如今，這兩名順利升上大三的學生都是隊上一等一的好手，也一起幫忙教導下一屆的學妹，團隊影響力之大，不得不叫人折服。

在團隊中，好的意念能正向影響到所有的隊友，反之，如果一不小心被負面情緒感染，即便是身經百戰的選手，同樣會陷入團隊中人云亦云的迷思中。

驚險的拆隊風波

集訓期間，一開始大家都有不同的想法，有的只想拚室內，有的想拚室外。身為一個領導者，面臨這樣的問題，要怎麼去解決？我也問問自己，當我也在這問題當中要如何去面對隊員？常常會問自己，我到底行嗎？為了什麼而戰？

——大專生隊長 葉柔辰

二〇一二年暑假，我們準備著瑞士世界盃室外拔河錦標賽，在烈日與雷雨交錯的時節，女孩們與室外拔河拚搏著，雖然不少選手都是國際賽事的老手，但與室內拔河賽比起來，室外賽練習還是相對吃力。加上我不斷針對她們的缺點做修正，疲累和極低的成就感起了負作用，想放棄的念頭就在隊裡悄悄蔓延開來。

「教練，我們想和你講講話。」某天練習告一段落，要午休之前，女孩們滿頭大汗地來跟我說。我了解最近大家都很緊繃，士氣低落，我也聽聽她們想表達些什麼。沒想到，她們竟然提出：「照現在練習的狀況來看，九月份的室外賽成績可能會不好，如果出國回來才開始練十一月的世界運動會選拔賽，又會因爲練習不足而輸；這樣兩頭落空不如按照隊員個別意願，拆成室內和室外兩隊練習。」

「好啊！那就來表決！」我非常惱火，一時嘴巴比腦子快，說出了不該說的話。原本我以爲那只是少數人的想法，「拆隊練習」這件事可是團隊中的大忌。然而，假裝民主的後果，居然是幾乎全數通過，只有一兩個人不贊成。「啊！完蛋了！」當下我立刻後悔自己的決策。不過一言既出，也沒辦法食言，我青著臉先宣布解散，讓大家去午休，心裡盤算著該怎麼解決。

救回來的團隊

事情在午休即將結束前，突然有了轉機。兩名資深選手跑來找我，雖然她們心裡隱約覺得分隊練習不太對，但又不知道怎麼跟其他隊友說。我趁機把大專生隊長找來，連珠炮似的說：「妳們練不好就要拆隊，那乾脆現在就拆成大專生和高中生、要選國手和不選國手，高中隊裡還能再分要拚全國賽跟不拚全國賽的，這麼一直分下去，就不要練習了。大家都去休息不必上場比賽好了。」

「我們應該是越辛苦越困難，越要合力想辦法做到好。怎麼會是拚得好的人就練、拚不好的人就放棄？」這麼一說，她們才想通了箇中道理。接下來我要等的，就是她們運用學姐們的影響力和說服力，在團隊中發酵，盡可能把「拆隊」的想法清除。

隔天早上，我猜想大多數的人都不會再說要拆隊了，於是信心滿滿的問。果然，剩三個人舉手表示不練室外拔河。其中一位選手馬上被我趕離現場，我很清楚地說，如果不想練室外，以後也不必再來了。另一位選手，她看到已經有人被趕走就沒有再堅持，但我要她回想第一次比歐洲盃室外賽是怎麼走過來的，她沒有說話還直掉眼淚，我當她是後悔了，只叫她自己想想。另一位有腰傷的同學說她的身體不適合練室外，只想拚十一月的二〇一三年世運會資格賽，她的話我無法反駁，就先擱著。

沒想到，下午練習時間一到，三位原來說不練的女孩又回來，一齊站在我面前說：「教練，我們想練習。」此時，我心裡的石頭才落了地，確定這場突如其來的拆隊風波總算告一段落。最後，我們同心合力的從瑞士爭得了世界盃室外賽冠軍，將兩年前從南非拿到的獎盃再度留在臺灣，女孩們才不得不承認先前的想法是錯誤的。

回頭反省自己，或許是因爲我從未處理過這樣的事情，才把局面搞得這麼僵。如果事發當時，能多一點時間徹底思考，不要倉促做出決定，一方面善用團隊裡的同儕力量去緩頰、說服，應該會更好一些。萬一當時我眞的意氣用事同意拆隊，現在整個團隊的向心力一定會變弱！團隊裡亦載亦覆的力量，給衝動的我上了一課，現在，我不會忘記經常對自己說：「遇到狀況要多想一下，做出的決定才是最好的！」

15. 拔河，是破繭而出

記得學姐曾在我手破的時候跟我說過：「妳的手是景美的手，不單單是自己的，所以請照顧好它。」

——王若存

練習裡的自我保護

「妳的手怎麼了，受傷了嗎？」

「妳不要亂講，等一下被教練聽到了，他會罵、不讓我上場練習。」

受傷，在我眼中是學生不認眞、沒有做好自我保護的禁忌之一，我知道沒有人願意，但是運動選手的任務除了求勝，同時還得讓自己遠離危險。尤其在比賽前夕，我就得不斷嘮叨：「少做衝撞性的運動」、「少騎機車以免受傷」，連哪些日常藥品裡可能含有禁藥成分都是我要提醒的事項，無非是希望選手能保持個人最佳狀態。

任何運動做久了、做得不正確，都會有所謂的運動傷害出現，拔河也是。如果不確實熱身、做操，平日基礎重量訓練做得不夠、練習時不夠專注，都有導致受傷的可能。常見受傷的部位不外乎腰、手、腳及膝蓋，對於這群女孩，光是叮囑還不夠，有時候我會用些克難的方式，盡量減輕選手受傷的程度。

例如，在雙方做對拉練習時，如果一不小心向後跌倒坐地，常會衝擊到脊椎尾端導致腰傷；我就叫學生買些厚厚的海綿來，裁剪成小塊縫在運動短褲裡，跌坐時可以減輕撞擊力道。雖然乍看之下就像多了一團大大的鴨屁股，對於女孩們來說的確顯得有點醜，但減少傷害重於一切，選手們寧可醜，也不願意受了傷不能上場。

愛惜妳的繭

長期的磨練裡，有些傷可以避免，有些痕跡卻逃不掉。女孩們手上的厚繭，在我看來不算受傷，而是訓練過程中的必要痕跡。

而這些「繭」，也是身體的自我保護機制之一，必須要好好「保養」。因爲沒有長繭的手與繩子磨擦必定會痛；太厚、太凸出的繭都不好，容易被繩子拉扯，造成撕裂傷。

對付這些死皮的最好時機，是趁著剛洗完澡後勤做保養。當然不是叫女孩們用乳液塗塗抹抹，而是在此時用剉刀把手上的繭磨平，留下薄薄的一層繭皮，用以保護雙手。不過這些心急的女孩們，並沒有耐心用我買給她們的剉刀慢慢磨，反倒爲了貪快使用美工刀或剪刀直接削剪，萬一沒有拿捏好死皮的深淺，弄到自己皮破血流也是常有的事。

遇到比賽期間手上有傷口就很麻煩，所以爲了保護選手免於傷口惡化，在國際賽事裡，經由裁判的檢查和允許是可以戴手套的。在國內比賽則不准使用手套，但可以先去大會醫務組包紮，然後在繃帶收口處蓋章封印，排除作弊的嫌疑。不過徒手拔河的繩感其實是最能掌握的，戴上手套或纏繃帶並不會比較佔便宜，因此我才不希望女孩們因爲偷懶省事而弄傷手掌，讓自己白白受罪還影響成績。

除了厚厚的手繭之外，繩子在身上、手臂上磨的痕跡，也是練習辛苦的證明。女孩們手腕上，還會有因爲握繩時雙手交疊、用力擠壓出來的傷痕，的確有點醒目。有一位學生曾被其他同學誤會過，以爲那是心情不好時「自殘」所留下的割痕。雖然選手們早已習慣了自己身上的傷痕，但知道了別人的錯誤聯想之後，偶爾還是會戴上護腕或穿長袖遮一下，這並不是出於自卑或羞恥，而是女孩們怕嚇著別人的貼心舉動。

破繭後的自我蛻變

如果說這些拔河在身上留下的印記，是通往成功之路必須的代價，那麼每位女孩距離成就自我夢想的路就不遠了。最後那一步破繭而出的關鍵，應該就是積極地喊出：「教練，我行！」

在重要比賽前夕的練習，雖然是以先發選手的團隊爲訓練重點，但主力選手總有輪流下場休息的時候。一有空出來的位子，我就會問：「誰要上去拉？」如果夠聰明、有企圖心的學生就知道，有機會與一流選手一同練習，是非常寶貴的機會。一旦隊裡有人舉手，不管實力如何我都會讓她上場一試，姑且不論學生的表現如何，她們當下一定能有收穫，至少那一聲自告奮勇，已經可以拿個最佳勇氣獎了。

也有學生一開始低頭閃躲的都不舉手，我雖然心裡有數卻不會刻意點名，希望她可以自發性的克服自我障礙，踏出第一步。團隊的力量就是這麼奇妙，當其他主動的人一點一滴地在進步著，瑟縮在一旁的人不可能不知道自己的技能越來越不如人。如果升上高三的學姐還是只能擦河道地板，相信任誰都會覺得有些難堪。

藉由如此一次又一次的勇氣推升，讓學生們養成「教練，我行、我行！」的積極態度，這樣不斷汲取臨場經驗，以後到了國際比賽場上才能更具大將之風。

不是自己好就好，要學習傾聽別人的聲音

葉柔辰（臺師大體育系三年級，現爲大專生隊長）

郭老和我說：「不要去管別人，把自己的事做好就好了，想想隊友，想想團隊。」我才繼續練習，繼續從練習當中找尋動力。

從室外賽中，我懂得了團隊的意義

其實，爸爸一直反對我參加拔河隊，尤其每當我受傷的時候，他就會說：「爲什麼要把自己搞成這樣？」但是，拔河對我來說是件快樂的事，尤其是國中時。當我告訴媽媽我想參加學校

拔河隊時，媽媽很支持我，她覺得這會是一段很好的成長體驗，能在團隊中學到課本上沒有的人際相處。哪裡知道上了高中之後完全不是媽媽想的那樣，我們花在拔河上的時間已經超過了一個社團參與的時間。

高中三年，我們很努力的拚中正盃連霸，沒想到畢業後，居然有機會擔任國手去義大利比世界盃，還得到很好的成績。回來後選擇念臺師大，但尚未報到，就得先接受南非室外比賽前的殘酷練習。我一直沒辦法去學這項運動，也一直學不好。我每天都很想走，每天都不想練，在痛苦的練習過程中我數度以爲自己要放棄這項我最喜歡的運動了，心裡再也無法承受這樣的感覺。再加上郭老一直希望我們能保持在最佳狀態，因爲我們從沒出國比賽過室外賽，無法想像對手有多強，只知道自己能做到哪裡，每天不停的設想。到了正式比賽的時候我非常害怕，腦袋一片空白，只知道要拉繩子，果然我們這隊的成績不如預期。

從室外賽中，我也才了解教練一直強調的「以團隊為重」的意思。

升大二那年，我們十位已經畢業的大專生選了我當隊長，這是我從高二當隊長以來第二次當隊長。當時只覺得責任和壓力好大，不僅要做好自己份內的事，還要以身作則，不然隊員會不服妳。好在我們大專生都夠成熟了，郭老很多事都讓我們自己決定，只要不因為個人的事情影響到團隊都沒關係。和郭老相處久了，大家或多或少都知道他的地雷，只要小心不碰觸就好，但唯獨「以團隊為重」這件事，郭老不容許我們破壞。

南非那年的室外賽回來之後，我真的是「極度」排斥這個項目，可以說連碰都不想碰。由於我是大專生的隊長，知道有些隊友和我一樣只想練二〇一三年世運會的選拔賽，但有些人並不排斥練習室外賽。結果變成十個人都有不同的看法，意見不同自然無法有一致的練習腳步，所以我們決定去和郭老建議要分開練習。一開始他說我們自己決定，後來兩位較資深的選手都覺得這樣不妥，跑去找郭老反應。

接著他把我找去說：「如果今天我們的決定是拆隊練習，那以後遇到不想參加的比賽都說我不想練，大家就不再是一個團隊一條心了。」說完，我雖然還是無法立即了解郭老的意思，但比起兩年前那種無法掌控的無力感，這次我想盡力一試。果然，我找回了那種能爲隊上奮戰的感覺。

聆聽別人不同的聲音

在團隊中我也學到了「聆聽別人的聲音」。每個人都想聽好話，聽到不好的自然很難接受。在一個團隊免不了得去配合別人，不要一味地想別人會來配合妳，要去改掉大家無法接受妳的地方，而「聽忠言」或許就可以改掉壞習慣。只要妳改成功了，不僅自己能改變還能帶動整個團隊。

但要做到不理會批評的聲音實在很難，郭老曾經說過：「第一次贏是幸運，第二次贏是僥倖，第三次贏就是自己的實力。」但我們練了這麼多，參加這麼多次比賽，還是有人覺得我們是幸運、是僥倖，我認爲，或許你可以不用認同我們，但不能一直說我們是僥倖。有一陣子，我覺得如果大家都覺得我們的比賽是因爲別人的幫助，不是因爲自己的實力，那一點意義也沒有。

尤其時常會聽到有人說：「妳們就是有錢」或「妳們就是體重重重」，但他們不知道我們在增重的過程中吃了多少東西，或是我們做了多少努力才有這些贊助。所以二〇一二年三、四月間，我和郭老說我不想練了，因爲已經得不到我想要的東西了。郭老和我說：「不要去管別人，把自己的事做好就好了，想想隊友，想想團隊。」我才繼續練習，繼續從當中找尋動力。

現在，讓我繼續下去的動力是隊友和郭老，以及在練習過程中對於這項運動的成就感。尤其是郭老，他是我目前人生中遇到最重要的老師，他教導我做人一定要學習的道理——品德，這和媽媽教我的一樣。在他們教我的觀念中，功課不好沒關係，只要品德好其他部分自然也會好。

還有教我們「學習的態度」。小時候，我害怕的事就不會去學習，但郭老讓我知道，遇到害怕的事還是要去學習，要勇於挑戰自我。

最後我想和學妹們說，記得要爲了自己的夢想而努力，不要輕易放手。即使歷年來的比賽成績讓妳們感到壓力，但距離比賽的時間還很長，要穩紮穩打的練習，累積經驗，等到眞正上場後一定會有好成績。

景美女中
Chinese Taipei

PART 4

持續練習就會贏

回想這幾天的比賽和這段期間的訓練，我想大家都盡了最大的努力，也許就和郭老說的一樣，課表沒有兩年前南非時來的重，但是我相信大家每天也都是盡全力的在參與訓練。雖然這段期間被罵很多也被罰很多，甚至一度有想放棄的念頭，但我相信只要撐過去，就會看到希望！

——許祐寧

（摘錄自二〇一二年瑞士世界室外拔河錦標賽感想）

16. 拔河，是光榮

很感謝我們能夠逆轉勝的贏得這場勝利，想想這暑假的練習沒有白費，被罵值得，淋大雨值得。謝謝郭老的叮嚀，我們做到了，您辛苦了，謝謝您。

——林芳鈴

拚賽事也拚外交

做為一位運動選手，一旦代表國家躍上國際比賽，就背負著全國人民的期待。

每當選拔賽獲勝，臺師大、國體大和景美拔河隊便從一所學校裡的社團晉升為「中華臺北」的國家代表隊，雖然每天還是和平時一樣要練習、上課、考試，但必須要有更高的自覺。我不斷告訴學生，能成為國家隊就要有不同於常人的思維，一有空閒時間就要懂得休息，不要因爲外務而把自己搞得更累，甚至去做一些有危險性的事。既然有了「國家選手」的冠冕，妳們的身體就不再屬於個人，而是整個團隊的。

學生們年紀雖小，但在出國比賽時多少都知道我們在國際上的處境，即使在遠離政治的運動場上，還是不免遇到被矮化及遭人大小眼的對待。二〇一〇年我們第一次參加義大利的世界盃室內賽，很不湊巧地和中國隊訂了同一家飯店，在訂房間時我們不知道，飯店也沒有特別提，到了現場以後才知道，飯店爲了怕兩個在政治上敏感的隊伍住在同一屋簷下會尷尬，硬是把我們的房間改到不遠處設備比較差的分館。幸好我們平常爲了節省經費，習慣了住得陽春一點，懂事的選手們沒有任何牢騷和怨言。

二〇一二年的瑞士世界盃室外賽，也曾經發生過一名中華臺北代表隊的男子選手，把中華民國國旗畫在臉上，遭到對岸的抗議，之後裁判要那位選手把臉上的國旗擦掉才能進場。因爲在大會規則裡，我們的國旗只能出現在比賽場外的觀眾席，選手的身上或會場裡一律都只能用會旗來識別。

不過在幾次交流過程中，中國隊的選手、教練和我們在相處上都很熱絡親切，但隨隊管理的領導就沒有那麼好說話了。面對這些我們避不掉、改變不了的國際現實，我只能提醒學生，盡量不要用言語去挑釁對方，做好自己應該做的事情，遇到了不公平的待遇，將生氣化爲爭取，在口舌上佔上風不光采，只有拿到成績人家才會看得起我們！

的確，在國際運動場上，想讓其他國家對臺灣豎起大姆指最有用的方法就是做到最好！

第一次參加世界盃室外賽的時候，與德國隊對上，依照規定，雙方教練要交換禮物以及互相握手，那次，我一伸出手，他馬上別過頭去裝作沒看見。

當時站第一位的鄧妹看到了小聲對我說：「德國教練好奇怪哦，怎麼不跟郭老握手？」

我聳聳肩說：「沒關係，專心比賽！」

正式比賽後，高大倨傲的日耳曼民族拿了第三名；矮小而沒沒無名的東方女孩，則抱回冠軍獎盃。

事隔兩年，許多隊伍又在瑞士的室外賽碰頭，中華臺北女子代表隊，再一次蟬聯冠軍寶座。回國以後，我在照片中看到那位兩年前不想和我握手的德國隊教練，在比賽後竟然主動跑來跟學生合照！果然，只要拿出實力，保持良好的態度，一定會獲得他人的認同。

更深遠的使命感

在景美聯隊第一次獲選爲國家代表隊時，我以爲我完成了「國家代表隊教練」的夢想。沒想到，在那年的南非世界盃室外賽中，讓我了解了所謂「國家隊」還有另一個使命存在。

剛到約翰尼斯堡時，大部分加油的人都是外國人，四天的比賽期間，有幾十位僑居南非的臺灣同胞來爲我們加油。這些和我們素昧平生的僑胞們，不但比賽時鼓勵我們，甚至還怕我們吃不慣當地的飲食，特地起個大早，花了兩個多小時的車程前來，準備了菜頭湯、排骨、滷肉飯等臺味料理讓我們當午餐。那一餐，學生們嘴裡吃得很高興，心裡更感謝這些來替我們加油的叔叔阿姨們。

一位在當地居住多年的學長告訴我，在南非這裡，平常大家各忙各的，住的也遠，要聚在一起並不容易，今天爲了臺灣代表隊的到來，大家說什麼也要親自來加油。就連南非最大的寺廟——南華寺的師父，平時廟務繁瑣，竟然也待上錦標賽整整兩天的時間，全程爲我們加油。事後師父還把他省吃儉用留下來的錢硬塞給校長，希望女孩們比賽結束後可以放心去玩。

最後冠亞軍賽時，中華臺北打敗瑞典的那一刻，場裡場外全都爲之瘋狂。領完獎盃之後，有一位華僑很激動地告訴我們：「我來南非住了廿幾年，第一次感到臺灣人是可以如此的驕傲！」對這句突如其來的稱讚，我聽了鼻子一酸，心中受到激盪更大。我們很單純地做好自己份內的事，頂多也只想著能不負國家和贊助單位所託。沒想到這條繩子，還能喚起旅外多年的同胞對自己國家的認同感和優越感，這讓我對自己正在做的事更加認同了。

從南非回國後不久，臺師大、國體大、景美拔河聯隊應總統府的邀請，很榮幸地參加了國慶晚宴，酒會裡突然又見到熟悉的面孔，我特地上前去跟那位南非僑胞打招呼。他對我說：「我好多年不曾回臺灣參加國慶典禮，今年不知道爲什麼，就是想回來看看。今年從南非回來的人好多，或許是在南非親眼看到了你們的表現，受到感動的緣故吧！」

那一天晚宴結束後的臺北夜色特別美，因爲榮耀的光環加持，讓我對於競賽的認知，在個人榮辱與團隊輸贏的層次之外，又有了更多的理解。原來，勝利的榮耀，不僅是握在手中的獎盃或獎牌，還有女孩們頭上的隱形桂冠。

17. 拔河，是爭取

因為郭老的用心讓我們又完成了一項任務，未來我們也會更加努力做到最好，「盡量」不再讓您生氣了，世運選拔我們一起加油，我們要一起去哥倫比亞唷！

——施昭伃

不公平就一定要爭取

我是一個看到不公平的事情一定要爭取的人，尤其是在運動場上。

大二時在田徑校隊當中，隊上選手自行規定有一條「不來練習一次，就要罰款」的規定；即使有課或與其他練習衝突，請了假都要被罰。當時，我既沒有錢繳也不認同這種做法，便毅然退出。

大三那年，我獲選了西式划船國手，名字還被公布在當年的大成體育報上。沒想到，等到假日和學弟興沖沖地到宜蘭冬山河報到時，才發現自己居然因爲平日上課沒辦法長駐宜蘭，而不知不覺地以「集訓不力」的名義換掉。雖然協會的人說：「你們還是來練，選手證書我們照發，只是不能上場！」但是誰願意做練得半死，卻永遠不能上場的板凳球員？一氣之下，很瀟脫的和學弟說走就走！

個人的事情我可以隨時喊停，但是一旦肩上扛了對很多人的責任之後，事情就沒有那麼簡單了。

自己擔任教練後，雖然慢慢可以體會每位教練都希望選手能出頭的心情，但是在公開會議或拔河場上，遇到我認爲不公平的事情，依舊會找出條文、照片、影片等具體證明，輔助自己的立場說法。不過也曾經因爲年輕氣盛，說話太過尖銳不顧別人感受，就算眞的站得住腳，也不免讓一些拔河界的前輩們覺得：「這個少年吔講話怎麼這樣！」爭取的過程，自然是吃力不討好。

爭取，結果可能是甜美或苦澀的兩個極端，二〇〇八年，我在世界運動會的選拔賽裡，曾經重重的跌過一跤。

哪裡跌倒，哪裡爬起

當年景美這支隊伍全部都是高中生，爲了國內比賽當日必須年滿十八歲的規定，我一邊爭取和國際賽事同步的「當年年底」滿十八歲的資格放寬，一邊也得做爭取不成的打算。因此，除了幾個年紀已滿的高中生，我還四處尋找其他以前練過拔河、但升上大學後已經沒有在做正規訓練的大專生，不只我整合得辛苦，大專生們下課後風雨無阻地從各地趕來練習也相當辛苦。

當時戰況激烈，我們和前一屆的國家代表隊比賽時，拉出了當時臺灣史上女子拔河最長的對拉紀錄，苦戰的結果，仍然是輸。在我認爲，現場比賽進行時，裁判判決的尺度和我的看法不同，我必須要提出抗議，爭個公道。事後大會其中幾位審判委員雖然同意我提出的證明事由，但依舊維持原判，無法改變任何比賽的結果。

回到休息室，我安撫激動不已的選手，說明一切交涉及申訴的過程，之後還是忍痛說：「輸了就是輸了，我很抱歉浪費了大家的時間，沒能讓妳們得到想要的成績！」

難過之際，有一位大專選手衝上來抱著我放聲大哭：「教練，我很對不起你！」

「對不起妳們的，應該是教練！」我在心裡大喊著。一向不准學生哭的鐵血教練，此時再也hold不住了，終於還是流下男兒淚。

在傷心之餘，我再也不想讓選手們面對這種不公平的對待，經過兩周後向校長報告停招拔河隊員的決定。

輸家，總有逃避的藉口，其實很多事情的歧異，只是立場和角度的問題，不過教育就是教育，如果不讓學生有機會學習，我們就永遠只能活在象牙塔裡。接著，國內比賽年齡終於下修到十六歲，一年之後，在義大利的室內拔河選拔賽上我們贏了。我受到林麗華校長的鼓勵，又重新開啓了拔河隊招生之門。

從哪裡跌倒，就從哪裡站起來。二〇一二年，我們又重新站在世界運動會選拔賽的河道上，雖然仍然對比賽充滿了不確定感，但是選手和我都成熟了，經過了長時間的努力，景美、臺師大、國體大的團隊也一起跨越了這道障礙，正式獲得二〇一三年的世界運動會的代表權！

拒絕針對性，爭取合理

另一次的不合理，發生在二〇一二年的瑞士室外拔河賽，那是我第一次聽到有「越線犯規」這條規定。室外賽和室內賽不同，草皮場地上並沒有畫出任何界線，大多都在前支隊伍用腳砍過的泥土上比賽，在大會規則中也沒有看過這一條。通常比賽到了兩隊的力量快要耗盡之前，雙方隊伍會自然地從一直線變成S型。在沒有任何界線、對方也和我們一樣向右歪曲時，我們居然因此被判出界犯規，甚至在一場公開賽的預賽中被判三犯出局！

事後我拿了其他隊伍的比賽照片和外籍裁判解釋，他不採納。雖然後來的比賽中我們還是小心翼翼地贏回來了。但是我看得出，後面幾場比賽，學生拉得綁手綁腳，深怕一個不小心踩超過了前面隊伍砍過的土地，又被判犯規。

回到國內的比賽，我們的處境也沒有好到哪裡去。雖然每隊想求勝的心我能理解，但是針對性太高的判決和小動作，看在選手眼裡，其實是最壞的示範。每一次解決眼前的問題之後，我不禁要想：「下一次，到底還會遇到什麼樣的不合理？」

面對隨時突發的事件，我們的訓練必須更紮實和徹底。我告訴選手，只要站得住腳，不做不符合規定的事，我們就有資格爭取我們應得的。

要記得當初進來時的夢想

徐藝瑄（臺師大體育系二年級）

拔河是一項很帥的運動，我喜歡每次練習完後那種很棒的感覺。

在這裡，我找到成就感

我從小就很喜歡運動，常常去公園爬單槓；小學時，看到學校的男子棒球隊很帥，心想我國中時一定要參加校隊。上國中後，因爲體育老師就是拔河隊的教練，有天上課時要我們把手打開，可能因爲我的手比較大（當然還通過了握力測試），很幸運的，我選入了拔河隊。

記得國中時每天都有體能訓練，一直跑一直跑實在很累，但我還是喜歡「拔河」這項運動，所以決定聽老師的建議去報考景美女中拔河隊；很開心的，當時雖然有學科分數的門檻，但是我仍然考上了。沒想到之後家裡發生事情，媽媽希望我回家幫忙，只好放下夢想回家去。

一年過後，媽媽有天和我說，她當初沒有讓我走想走的路，覺得很愧疚，現在家中狀況好一些了，問我還想不想拔河，她全力支持我。我想都沒想就說：「當然想呀！」因爲我等這一天已經好久了，從以前到現在，我喜歡的運動只有拔河。

休學這一年，我眞的每天都非常非常想練拔河，當媽媽這樣一提，我趕緊在有限的時間內回去國中練習。很順利的，進了夢想中的「景美女中拔河隊」。

這是我等了好久的機會，所以進來以後，我非常珍惜每一次的練習，尤其是室內拔河讓我很有成就感，每次練習或比賽下來都覺得自己很棒，一次比一次進步。

但就在高三我們贏得義大利世界盃比賽冠軍回來後，我得了一點小感冒很不舒服，去醫院檢查後醫師判斷疑似細菌感染到小腦，住院了一段時間。那段時間在醫院，團隊中的隊員、老師和郭老都會來醫院看我，當下，雖然躺在醫院裡，但我很高興大家都沒有忘記我，很高興我是這個團隊中的一份子。出院以後，頭還有點暈，只能在旁邊陪著大家練習；看到大家都在努力，我卻只能在旁邊，感覺好難過。這段難熬的時間經過了半年，從二〇一〇年六月十四日開始停練，到二〇一一年一月五日，我終於再度上繩。

剛上繩那陣子眞的很痛苦，感覺有些陌生，當時擔任後位的我，往往拉一拉身體還會前傾，都不知道自己在拉甚麼。每次下來都一直流眼淚，因爲這原本是一項我擅長的運動，現在變得這麼陌生。只能一直一直練習，直到兩三個星期後握繩、使力的感覺才回來。

改變位置的適應與了解

我一直很喜歡室內拔河，尤其是拉後位。從國中開始，我就是拉後位，我喜歡站在這個熟悉的位置上。每當大家一起往後拉、有人快不行的時候，會互相加油，打氣說：「再多撐一下！」這種彼此加油的感覺非常棒。

二〇一一年九月的英國歐洲盃室外賽，郭老要我站在前面，一開始，忽然換到其他地方，我眞的不知道要怎麼使力。這樣的感覺拉起來很挫敗，每一次都自認拉得很爛；是一種明明都知道動作該怎麼做，還可以指導別人，但是輪到自己，就是怎麼做都做不出來的無力感。

終於，有一天，我眞的受不了了，先和同學說我不想練了，接著請假一天去找學姐聊聊。當學姐勸我：「妳記得當初的目標和夢想嗎？」時，我動搖了。原本想用那天仔細考慮一下未來的路，結果大家都以爲我不要練了，一直打電話找我，但我還沒想好，逃避到很晚才接起電話。隊友在擔心我之餘也轉告我郭老在體育組等我，當天見面後郭老說了什麼，我其實不太記得，只記得他希望我回來繼續和大家一起努力。

不過，不知道是不是因爲使力不對，我在比賽前一個月去移地訓練時腰部肌肉拉傷沒有上場，但是郭老說我練了那麼久，大家練習時付出同樣的精力，還是帶我去看看外國人怎麼比室外賽。當下，我眞的覺得好愧疚，一方面很感謝郭老、一方面也覺得很對不起大家。那是我第一次在現場看到國外的室外比賽，他們眞的很厲害；國外的人身高很高卻可以降得很低，我們比較矮又蹲不低，果然，我們還有好多地方要學習。

雖然如此，我對室外賽的恐懼感直到二〇一二年的瑞士世界盃室外賽都還存在，在練習的過程中，每每感覺和前後面的人都配不起來，因爲動作不熟練，所以一直跌倒和往右壓，甚至壓到後面的人，而體重很重也讓手無法適應身體整個重量。但是我漸漸了解郭老要我站前面的用意；一隊只有一位後位，如果我前面的位置也練得很好，那往後就會有更多上場比賽的機會了。

謝謝郭老爲我們想這麼多，在每一次練習他再怎麼生氣，事後還是會告訴我們該怎麼做。或者，在我們鬧脾氣想離開的時候，他總是會把我們拉回來不放棄我們。像郭老這樣的老師眞的很少，他像我們的第二個爸爸，我由衷的謝謝他。

在這裡也給景美學妹們一句話：不管遇到什麼樣的挫折、什麼樣的不順利，千萬要堅定當初進來時的夢想，不要忘記，才能堅持拉著這條繩子一直往前進。

18. 拔河，是企圖心

郭老說要努力去做，做到最好，才會從零到有。我們不能預計別人有多強，但我們能掌控的是自己。

——張芷寧

不分一軍、二軍的企圖心

比賽時，女孩們個個都聚精會神地望著裁判，當手一落下、身體後傾的那一剎那開始，就是一場比企圖心的戰爭。

這想贏的企圖心，在運動場上需要，在練習時更加需要。每年，我們都會招收很多新進的高一、高二生，這些女孩甫進來時可能連二軍都談不上，每天都得對著拔河機練習動作。能力好一點的選手，在重要比賽之前，通常會組成「陪練」的隊伍與先發選手對拉，測試時間長度以及模擬比賽狀況，以便調整先發隊伍的缺點。

或許是因爲練習時的枯燥，也可能是因爲學姐的比賽成績一直都很好，有些選手會產生「反正我贏不了學姐」、「我又不急著上場」的心態，讓練習效果大打折扣。對於這些企圖心還不夠的女孩們，我會不厭其煩地和她們說：「我希望隊上不管哪位選手上場都能贏。」不要因爲自己現在不是先發選手就喪氣。也許在現實狀況裡，學生們因爲年齡、經驗、天資、技術、個人努力等的差別，有了所謂「二軍」甚至「三軍」之分，但是如果連自己也這麼看待的話，便永遠沒有自我提升的機會。

上不上場都要盡力

在團隊中，選手們必須讓教練和其他隊友看見妳的努力，只要勤於練習，並要做好隨時遞補上場的準備；一旦主力選手有狀況不能上場時，即使是二軍也能脫穎而出。

二〇一二年的世界盃室外賽前不到兩個月的時間，一位很重要的後位突然受傷無法上場，一時打亂了我原有的計畫，過不了多久，我簡單的一句：「哈利，妳拉後位。」讓原來既練後位、又同時練前面兩種不同姿勢的哈利手足無措，深怕自己比不上學姐。比賽結果順利連霸，再一次證明只要教練肯給機會，有企圖心的選手自然能完成任務，連哈利自己都說：「經過這次比賽的練習，以前我學不會的幾個動作都會了。」

二〇一〇年我們第一次有了出國比賽的機會，原本我只打算帶九位由體委會補助全額公費資格的選手出國，剩下三位選手礙於經費不足必須留在國內。校長知道全隊沒能一起出國覺得不妥，她說：「一起練習就要一起出去比賽啊，就算不能上場，也可以在旁邊加油！」我支支吾吾的解釋，多帶三個人要多很多錢，校長答應由她來負責向家長會募款，我專心帶隊就好。最後這三十萬的缺口，透過學校地理科李敏芳老師的關係，找到仁寶電腦的贊助經費補足，讓全數隊員能夠一同出征。

於是一隊十二位選手，能上場的全力拚搏，沒上場的也在一旁替隊友加油吶喊、攝影記錄，共同分享團隊奮鬥和榮耀的時刻。這個時候，我們就是一支企圖心旺盛的隊伍，不分你我，更看不見一軍、二軍的標籤！

在技術與學業上都要有企圖心

除了拔河之外，另一項我希望學生們能重視的就是課業成績。在拔河成績上表現不好，我這位教練還能想辦法改善，但對於學生們的課業問題，實在常常讓我束手無策。

既然這些女孩是我的選手也是我的學生，那麼在拔河和讀書之間就必須求取平衡。曾經有一屆學生，雖然各自在不同的班級就讀，但在數學成績上居然很平均的抱了八顆鴨蛋給我。還有學生上課睡覺、遲到、不按時交作業……這些消息傳到我耳裡，我既生氣又無奈。雖然每到考試前，我都語重心長地叫大家「要念書、要念書」，不過顯然效果很有限。遇上功課表現不好的學生，我能做的大概就只有罰她們青蛙跳，再去請導師或科任老師多多包涵。

其實大部分景美女中的老師，對於學生有高度的愛心和包容力，我告訴學生，做任何事情能力不好沒關係，但態度一定要正確，尤其是學業成績達不到標準時。老師要求我們抄三遍的功課，我們就抄十遍；老師說要下週一交的作業，我們就提前到周五完成；至少要拿出學習的企圖心，補足先天的不足。因爲讀書是一輩子的事，無論將來這些學生想念哪間學校，都必須要有基本的成績才能有未來。

當你對一件事有企圖心時，就會希望做好它，即便沒有能力做好也至少要盡力，我們不能預計別人怎麼想，但卻能掌控自己。不僅拔河是這樣、讀書是這樣，任何事都是。

19. 拔河，是道德

要保護朋友沒有錯，但要適時地讓她知道什麼事可以做、什麼事不能做。我們不在意多了一個敵人，但是卻怕少了一位隊友。

誰是既得利益者

體育界和其他行業一樣，運動員的責任除了在賽事中爭取榮譽之外，往往得面對許多難以理解的紛爭。尤其是景美女中連續幾年的表現亮眼，難免不讓人認爲是「既得利益者」，因此我要求學生學著低調以及維持一貫的禮貌。時常，在遇到我們認爲不公平的規定想去爭取時，會聽到對方說：「沒關係，就睜一隻眼閉一隻眼吧！反正你們一定贏嘛！」即便如此，我還是必須教導女孩們什麼事要爭到底，而自我的道德底線又在哪裡。

保護自己的選手或隊伍我能理解，但學校連辦個世界盃選拔賽都會有人質疑：「爲什麼要在你們學校辦？」認爲這樣我們有主場優勢，對其他隊伍不公平。

選拔賽過磅當天，又適逢國際安全日，學校聘請國外教授來做安全學校的認證，所以校園實施門禁，所有隊伍只能從側門進出。再加上其他參賽隊伍看到隔天比賽用的場地用帆布蓋著不能開放練習，驚呼說：「怎麼會這樣，連場地都不能開放？」

事實上，入夏的天氣多雨，那陣子還有颱風警報，學校位在容易淹水的文山區。爲了讓比賽當天能順利進行，早在前幾天我們就已經先把室外練習場地的帆布棚子拆下，直接蓋在比賽場地也就是操場草地上，怕濕濕的草地太過泥濘，選手不好比賽；等太陽一出來，又趕緊掀開帆布讓草地曬乾，這讓我們的學生也有好幾天沒有可練習的室外場地。但大家似乎沒留心到這點，只認爲我們不開放練習，是怕其他的隊伍也熟悉這裡。類似的誤會其實層出不窮，遇到了，我也只能和學生們說，別人怎麼想我們無法控制，只要確定自己做的事情是對的就要堅持。

當然，如果自己明明知道是錯還去做，就是惡意犯規了。在團隊中，爲對手隊伍效力是大忌，但我有一位選手卻連犯兩次。

在一次二〇一一年歐洲盃室外拔河賽國手選拔比賽裡，她找了幾位國體大的選手組隊參賽，還找了另一隊時常與我們交鋒的選手來掛名教練。直到拔河協會的人員狐疑地問：「郭昇，啊都是你的學生，怎麼你不是這隊的教練？」當下我異常難堪，把這名學生找來，她聽完我的問題只顧著哭，提不出任何解釋。但我一邊看著她哭，一邊還是得把話說開。之後，仍然給她機會，參與二〇一二年蘇格蘭世界盃的國手選拔賽，讓她順利當選國手，一起去蘇格蘭參加世界盃比賽。

學著畫出心中的那條線

不過顯然上一次的教訓不夠，從蘇格蘭回來後沒多久，這位選手又犯了同樣的問題。

二〇一二年的亞洲盃選拔賽時，我的兩位國立體大的學生都說要回自己高中母校參加男女混合隊，包括剛剛提到的那位同學。通常這樣的狀況，母隊教練或選手自己要求回去，只要不直接和我們現今的隊伍正面交鋒我都會答應。因爲做人要飲水思源，今天我有這些好選手，也是當時母校所培訓的。

但是這位選手又在報名截止當天跑來和我說：「郭老，因爲母校的教練說人數夠了，我可以不用回去，不過有另一間學校的學姐問我要不要過去，我想在這裡我又上不了A隊，所以就答應去了。」那學校就是屢次和我們在場上直接交鋒的，我聽了心中實在覺得很無奈，因爲忠誠度和誠實一向是我最在乎的兩大原則，而她卻屢次破壞。

我從來沒有認定誰一定會是A隊，誰一定會是B隊，讓選手暫時回去母校也不是因爲我不夠看重她們的能力，而是因爲學校來借將。這位選手還沒爭取就認定自己會是B隊，甚至跑到對手隊伍去，一旦上場互相成了敵人，要如何面對以往和她朝夕相處、一起流汗的隊友呢？

最後我要求她不能背棄自己的隊伍出賽，否則萬一贏了，日後如何面對自己昔日的隊友？輸了以後還要歸隊嗎？隊友該用什麼眼光看妳？說完之後，我告訴她這兩次我都暫時不計較了，但如果三犯，就得和拔河規則一樣被判出局。

藉著這個機會，我也和幾位事前就已經知情的大專生說明我的處理態度。而女孩們覺得夾在隊友和教練之間很爲難，紛紛怯懦地說：「教練，我們知道了以後也很想說，但是不知道要怎麼說。」我知道她們想維護朋友，但是眞正的朋友不就應該在對方要走錯路之前拉她一把嗎？今天不提醒她這樣做不對，也不來跟教練說，萬一她眞的鑄成大錯回不來了，少了一位隊友不說，也傷害了彼此的情誼。

也許在我們的人生當中有各種誘人的機會，只要明白自己的目標和角色就不會行差踏錯。當景美拔河聯隊在各種國際賽事上開始嶄露頭角後，韓國和泰國隊伍都曾向校長表示過，希望來臺灣學習交流，或者請我過去在當地研習營中教導他們的教練。但基於我自己的責任和與景美團隊的革命情感，一個星期的短期交流當然沒問題，但若是長期的離開或技術傳授，我則不考慮。因爲我無法放下自己的隊伍，去培養未來的競爭對手。

這是我對女孩們的承諾，也是給她們的正面教育。身爲一位運動員，悍衛自己的團隊永遠是義無反顧的，希望女孩們和我一樣，能清楚地畫出自己心中那條道德的界線。

20. 拔河，是持續

練習時有時狀況很好，有時又像沒練過的人一樣，起伏很大，一直都沒有穩定下來，所以常常很難過。好險有我的隊友們爲我加油打氣，還有郭老這麼不放棄我，我們才能一起去瑞士比賽，這眞的是團隊的努力！

——徐藝瑄

我認爲好的選手共同的特質就是「持續」，不論動機是什麼，出於自動自發的持續練習，經常是讓成績由劣轉勝的決勝點。

我剛到景興國中帶拔河隊時，非常的不順利。男女隊的向心力和成績都節節下滑，後來靠著學生自己的榮譽感和重新組合之後，才變得順利起來。這當中的轉變，除了我找到好隊長之外，選手們自己的持續練習也功不可沒。

當時，隊上有三位男生知道我還在臺師大拔河校友隊練習，就來問我說：「教練，我們能不能去師大看你們練習？」學生有心來觀摩當然好啊，還叫他們乾脆把拔河鞋帶著，有機會就可以和我們一起上場練。

有一次，他們跟我說「教練，新的拔河鞋鞋底太硬、太滑了，能不能讓我們把學校的拔河鞋借回家去，用砂紙磨一磨，比較好穿。」選手愛惜自己的裝備是好事，我就答應了。

某個周六下午，我回到臺師大練習完拔河，要去重量訓練室練習時，不經意四處張望，突然看到重訓室旁那三位正在拉拔河機的小男生，不是我的學生嗎？當時拔河機的設備並不普遍，師大也只有兩臺，我這才明白，原來學生自己想練又不好意思明講，找藉口借了拔河鞋趁著假日來練習，真的很不簡單。有了這樣的隊員，我知道這個團隊一定會起來。果然，景興國中之後連續拿下三年全國國中組的冠軍。

不持續，國手生手都一樣

相反的，如果你輕忽了「冠軍」代表的意義，以爲那是像刺了青一樣永遠無法抹滅的印記，那你就錯了。無論你是天才或庸才，只要不持續努力就會回到原點，這是永遠不變的眞理。

二〇一〇年，就在景美聯隊雙雙奪回了世界盃室內、室外拔河賽冠軍的同一年年底，在國內的體委盃比賽中，我們輸給了臺中大里高中女子隊。

那一次的失敗讓選手們哭得很慘。我安慰大家：「這次會輸，是因爲後位換成了高一生，我們給學妹一次機會，即使輸了也沒有關係。」但其實，這次上場應戰的選手中，有六位是歷經兩場世界比賽的冠軍國手。我眞正想和她們說的是：「連國內高中隊伍都拉不贏，還想去選拔國手嗎？」我之所以沒有說出口，是因爲我想這次的「輸」已經給她們足夠的教訓了。

冠軍之後，我常發現選手在練習時容易有驕傲和鬆懈的心態，對於操課和自我加強訓練沒有以前認眞。但是這次比賽之後，她們自己發現，沒有持之以恆的練習，失敗就會在一旁等著妳。

二年後，我們準備要第二次挑戰瑞士世界盃室外賽，剛開始練習的狀況，只能用慘不忍睹來形容。兩年前也參加過南非室外賽的卓旻鈴說：「記得南非那時候練習都很少被教練罵，但這次練習幾乎天天被罵，缺點好多，要改的東西更多。」只有親身經歷過這樣落差的選手才知道，一次的冠軍，並非永遠的冠軍，一旦疏於練習，國手與生手都是一樣。

學習任何運動都要持續練習

對於拔河訓練過程的無聊枯燥，我自己也是過來人，深知箇中滋味，也很理解選手們的心態。教練除了不斷鞭策激出她們的潛能之外，還得隨著不同階段、不同目標，採用不同的辦法，幫助選手們持續往前進。

在國手年齡尚未下修到十六歲之前，一年當中最重大的賽事就是每年三月的全國拔河錦標賽，往往在比賽過後學生就開始顯得懶洋洋。我想起自己大學時曾經參加過划龍舟比賽，學生們如果肯學，多一項技能也沒什麼壞處，於是我問她們：「要不要組隊去比賽划龍舟？」

女孩們聽到除了日復一日的拔河之外，居然還有其他的選項時，紛紛眼睛為之一亮，躍躍欲試。礙於場地的限制，平日我讓學生在學校的游泳池畔練習划槳，假日再帶去碧潭實地上船操作，把她們當作真正的划船選手來訓練。

「教練，怎麼練划船，感覺上比拔河還要累啊？」一向以為拔河就是最苦了的學生們，不斷地哇哇叫。原來她們只是抱著好玩的心態來划龍舟，但按照我的標準，當然學什麼就要像什麼，既使是讓她們放鬆和轉移目標的運動項目，也得有模有樣，不能馬虎。

等到真正比賽的時候，我們拿下了臺北國際龍舟賽高中女子組第二名和北縣議長盃公開女子組亞軍的成績，雖然不是最頂尖的，但是僅次於天天都在划船的基隆高中輕艇隊，甚至贏過其他正規訓練的高中隊伍。這時女孩們都知道了，只要持續練，累還是有代價的。

拔河和划船一樣，不是比哪一位選手最厲害，而是比哪一個團隊撐得最久。在隊伍中，只要有一個人的狀況不到位，其他的人再怎麼強也沒有用。

如果不希望自己變成團隊裡最差的那個人，就得比別人多一分的耐力，只要每個人多撐一下，就有機會奪得最後勝利。

PART 5

握住繩子，緊抓出凝聚的力量

這次的比賽，我覺得我們還有很大的進步空間，郭老說：「往後的比賽都是要靠妳們自己，不要讓別人說，只有學姐才可能拿得到冠軍。」我不想要這樣，我希望我們高中生也可以自己去拚、去追過學姐。往後的練習，我會讓自己去成長與學習，透過不斷比賽的過程得到好的成果。

——張娣禎

（摘錄自二〇一三年世運會國手選拔賽感想）

21. 拔河，是紀律

我從拔河中學到做人做事要謙虛、有禮貌的態度，以及團隊合作的向心力。

——李琋蓁

教練，打我們！

在一個好的團隊裡，不能有你我他的差異，紀律大於一切。在追求技術和成績的同時，沒有嚴明的紀律，絕對培養不出優秀的選手。

在景興國中任教時，我比現在還嚴格，雖然後來這些學生遲到早退、調皮搗蛋的習慣都改正了，且獲得國中男子組的全國冠軍，但我仍然常常反省，是不是對這些只是國中生的孩子們太嚴厲了。曾經，有一位拔河隊的同學告訴我說，他上課完全沒辦法坐，因爲被我打屁股打到坐不住。

於是第二年，我決定改一改自己的做法，只用講的，頂多就是罵一罵，不再體罰學生了。等到全國賽結束後，女子隊登上了全國冠軍，男子隊卻退居國男組第二名。這個時候，男子隊的學生向我提出：「教練，你還是打我們吧！」會這麼說不是男孩們不怕痛，而是他們不想輸女生，更不想比上一屆的成績差。就連家長也送了一根藤條給我，希望我繼續代他們管好這些學生的行爲常規。

學生們並沒有因爲害怕責罰而逃避，因爲他們知道，我從來不會爲了拔河的動作無法達到我的要求，或是比賽成績退步而體罰學生。但最讓我忌諱的事情是：練習態度不佳，故意遲到早退；學業成績退步；還有在班上做了什麼壞事，讓其他老師向我告狀。這些品德和學業上的問題，比做不好任何拔河技術上的事情更教我無法接受。直到來了景美女中之後，即使我的原則是不打女學生，但依然會因爲這些過錯而用青蛙跳警惕她們。

生活瑣事，並非小事

對於學生們的生活常規，我也像個管家婆一樣要求，尤其是看到人必須要打招呼的基本禮貌。

所幸基本的生活禮儀，大部分景美的學生們原本都做得很好，被我盯上的，通常是比較害羞的高一新生，只要看到沒有問好的拔河隊學生，我一定把她叫到前面來。

「我是誰？」我問。

「教練。」學生小小聲的回答。

「那妳剛看到我該和我說什麼？」我又問。

「教練好！」學生答。

「妳好！跟我打招呼妳沒有吃虧吧？以後要記得。」

這樣的對話，我不知道反覆說過多少回了，但我就是要這麼做。一次改不了，就說第二遍，第三次再說不聽，我就會敲學生的額頭做爲處罰。敲額頭，也有我的根據，在足球比賽時，用額頭頂球雖然會痛，但是不會受傷，我不想讓學生受傷，卻希望她能記得自己爲什麼被敲頭。

至於團隊的默契，我也沒有刻意去培養，只要求女孩們既然一起住校，就要像家人一樣互相照顧、提醒；即使是在校園生活，也要像在自己家裡一樣，用完的東西都要歸位，不能亂丟。早點進來學校的學姐，有義務教導學妹一些生活和訓練上的規矩。也因爲如此，通常高一學妹犯了錯，我會先罰沒有善盡教導責任的學姐。例如室外拔河場地上坑坑洞洞的補土，說了好幾次都沒有做；學妹在課堂上睡覺、體育館裡的器材沒有收拾整齊等等，發現了就是學姐要先受罰。

還有一次，宿舍餐廳的拔河隊員因爲飯後桌面上的剩菜沒有清理乾淨而被記點，我知道後問她們怎麼回事。學生急著向我解釋說：「教練，我們有收啦。但是我們離開後又有一般生來吃飯，她們把東西留在我們的桌上，我們也不能怎麼樣啊！」在我看來，既然被人家糾正，表示自己一定有做得不夠好的地方，雖然我不清楚眞正的原因，但我仍然罰全隊青蛙跳，希望她們記取教訓。不過小孩子究竟還是小孩子，罰過一陣子，還是偶爾會出個小錯，變成我這位教練得不時扮黑臉讓她們保持警覺，才能養成好習慣。

雖然孩子們知道我的處罰出於善意，但是還是有不了解我們這個團隊的人會指指點點說：「這個教練怎麼這樣，學生練習得要死，你一直罵做什麼，她們也希望拉好一點，難道會故意想輸嗎？」其實他們不知道，我一貫計較的，始終是學生能做而不做，在態度上出了問題，從來不是因爲技術不到位而發怒。

知所進退，一生受用

有了紀律和要求，孩子們自然會特別早熟和懂事；對自己約束，對別人尊敬，才會對原本並不屬於自己的福氣感到特別珍惜。

早期在景興國中帶的拔河隊學生，大多數的家境和功課都算不錯，團隊也沒有集中式管理，加上學校體育組長對學生們都很好，參加北市師生盃拔河賽時還讓我們分批坐計程車去；午休時，別人吃便當，學生們只要一要求：「老師，我們想吃麥當勞！」菩薩心腸的體育組長總是有求必應，直說學生難得出來比賽，開心就好。

比賽結束回程時，因爲已經不像早上的時間那麼趕，我就帶著學生搭公車回學校，並提醒大家看看別人、想想自己，有好的資源要更珍惜與努力才對。事後的慶功宴上，學校依著他們的喜好，買了好幾桶炸雞來，硬是有學生抱了一桶自己一個人去旁邊吃，看來對於惜福這件事，只靠我的三言兩語，學生們的體會並不大。

反觀多數從偏遠地區來，部分需申請晨曦基金幫助的景美拔河隊學生，在團隊的紀律和學姐的影響下，雖然沒有很好的物質享受，卻更懂得珍惜。例如有好幾次遇到好心的家長或支持者想請學生吃飯，她們的招牌動作都是忙著搖搖手說：「不用了，謝謝。」有一年在出國比賽前，跟我們相處了一段時間的張柏瑞導演來學校發紅包給學生，她們也都個個推辭不敢拿。這些謙虛的態度，大人們都看在眼裡，但卻是我沒有想到，也從來沒有教過的。

有時候，小孩子難免喜歡出出鋒頭，家境好一些的學生，想用好的手機、吃貴一點的餐點；偶一爲之倒是沒有關係，如果變成常態或炫耀就不好了。我知道她們沒有惡意，只是缺少提醒，我告訴女孩們，不是每個人都負擔得起這些，團隊生活裡懂得體諒別人，也應該是景美女孩的紀律之一。

經過這樣的要求與磨合，團隊裡的每一個人都知道做什麼事情才會同心同德。就像我要求大家一定要先收共同用的東西之後，才能收自己的東西一樣，事事以團體爲優先。這種態度，才是女孩們眞正終身受用的本事！

先和自己比，再和別人比

王若存（臺師大體育系二年級，高三時爲隊長）

曾經，我對於拔河非常厭倦，因爲練習和帶領隊員變成了一種責任；但當我一想到別人都在撐我怎麼可以放棄的時候，仍選擇繼續努力。

低潮中悟出的道理

我會參加拔河隊是陰錯陽差。升國中時，原本想和姐姐一樣成爲女壘隊的一員，結果沒考上，只好去讀另一所國中。國三時，偶然在體育館中看到學校拔河隊正在練習，兩方拉鋸著那條長長的繩子，感覺好酷，我才知道原來學校有「拔河隊」，毅然決定要參加。

進了景美拔河隊之後，我的狀況一直很好，郭老又覺得我還算負責任，高一升高二時就和學姐一起選我當儲備隊長。原本高二時即要接任，但當時我處在低潮期，直到高三我才眞正的當上隊長。

的確，高二到高三是我狀況最不好的時候，莫名地進入低潮期。眼看著隊友每一位都有進步，我就是怎麼練都沒有人家好。郭老也看得出來我不對勁，問了幾次原因，我回答不出來，他生氣我也懊惱。

那段時間我每天都在調適自己的狀態，調適了很久。照道理說，高二時應該是技術和體力各方面最好的階段，但或許是選上隊長後的壓力，也或許是自己抓不到重點，每每都是最快變形、沒力，甚至導致影響整隊的人。每當比賽中間被換下來，或被選爲候補選手時我都很沮喪。

尤其在南非前的練習期間我非常低潮。記得每次我們都比學姐練得還晚，但我和另一位同樣處於低潮期的同學會一起留下來繼續拉拔河機，自我加強。一開始練，覺得自己應該有進步，但一個星期、兩個星期過了，就覺得怎麼練都還是比別人差。那段時間，這種負面的想法總是不時地出現在腦中。就這樣一直練一直練，在重複的過程中完全看不到自己有多大的進步，直到正式比賽那天，才赫然驚覺其實已經進步很多了。原來，只要和自己比，有進步就好！先和自己比，再和別人比！

別人都在撐，我怎麼可以放棄

在這裡，我們做所有的事情都要以團隊爲重。以禮貌來說，以前我看到老師不打招呼似乎也沒有關係，我只會被說是一位沒有禮貌的學生。但現在，因爲是團隊，別人就會說拔河隊的人怎麼這麼沒禮貌。當妳個人的行爲影響到團隊時，就得修正自己了，尤其，身爲隊長的我更是如此。

許多事情隊長要以身作則，有些事我根本還搞不清楚狀況，郭老劈頭就罵。或者明明和隊員講過很多次了，但她們做不好教練就會對著我唸：「她們東西都沒收好，這個隊長怎麼當的……」我時常覺得好委屈。

曾經，我對於拔河非常厭倦，因爲練習和帶領隊員變成了一種責任；但當我一想到我累，其他隊員也都同樣很累，別人都在撐我怎麼可以放棄的時候，就決定繼續努力。

我們都知道郭老的壓力很大，所以往往他在抱怨時，我們都很少回話，只會說嗯……喔……。有時郭老會一直唸，唸完後就說：「好啦，我只是唸唸，唸完就好了。」我知道我們幫不了他什麼，只能聽他講，等他講完好些了，大家再朝著下一個目標邁進。

二〇一二年蘇格蘭比賽前的一個月，在練習時因爲用力失當，我的腰椎受傷了。當時越練腰越痛，但心裡想，再一個月就比賽了，應該可以再撐一下。一開始，我因爲受傷沒辦法爬宿舍樓梯，都睡在地板上，到早上我要爬起來的時候發現連去洗臉刷牙都沒辦法。但我仍舊不敢和郭老說，因爲我怕一講就不能出國比賽了，還是硬練。到最後我連走路都有困難，同學實在看不下去才幫我和郭老說。檢查後醫師診斷出腰椎有輕微的裂開，囑咐我一定要休息，如果繼續練脊椎會移位，我只好無奈的停練三個月。但我很感謝郭老，那次我仍然去了蘇格蘭。

在去之前，我只要一想到就哭，內心想：「我練了這麼久不是就爲了這個比賽嗎？現在我受傷了，雖然可以去卻不能上場。」但有位老師告訴我：「妳應該慶幸自己身處在一個團隊中，當妳不行的時候，有人幫妳補，不會影響整個團隊。」我才好過一點。

去了蘇格蘭以後，心情其實很不好，因爲去了又不能比賽，花這麼多錢，卻幫不到大家。當隊友在比的時候，難過比開心還多；但在看她們領獎的時候又變成開心比難過多。這樣矛盾的心情讓我決定回來後，要更珍惜和大家在一起練習的時光，也要更珍惜每一次可以上場的機會；因爲我喜歡團隊，喜歡當景美女中拔河隊的一份子。

最後，身爲學姐，我想和學妹說：當妳很累的時候不要悶著頭自己瞎練，要請教學姐或是自我加強。當妳還沒盡到最大的力量時，怎麼知道自己不行呢！

不要怕，學姐爲妳們加油！

22. 拔河，是凝聚

從拔河中，我學到了團隊間的互相扶持與鼓勵。

——胡乃云

經得起考驗的真誠

「誰幫我算一下體重？」

「幫忙算一下時間！」

每次我一出聲，隊上就會有人出列幫忙，即使不需要這麼多人，學生之間的一個眼神互換，無須言語的默契就會讓大家達到共識。

我不常點名指派，我希望人人都有機會服務別人，也能得到別人的服務。這種不分彼此的凝聚力，是發自於學生內心。

二〇一〇年的暑假來臨之前，有一名隊員突然走路不穩，跌倒發病後就立即送醫院急診，經過醫師搶救過後，初步診斷為疑似小腦萎縮，詳細狀況要再進一步研究才能確認。在病床旁，有一位老師提出疑問：「醫師，這會不會是過度增重、減重造成的？」我聽完心裡一驚，等待醫師宣判的那十幾秒，對我來說，變成了無比漫長的煎熬。

「不可能。」醫生想了想說：「再怎麼增重減重，也不可能導致腦部病變。」當時我暗自決定，如果當時醫生的回答是「會」，我不想再教任何人拔河了。

這位學生接下來需要幾個月的住院觀察和治療，家人因為要上班無法全天照顧，師長們都紛紛表示願意幫忙。先是班導師，私下拿了錢給學生的媽媽應急，校長隨後也募到了三十一萬醫療費用。

而拔河隊的女孩們，不用我說，開始自動自發的排班，誰有空就去醫院照顧她；出院後，也輪流陪著她去複診。

就是要跟大家在一起！

而在這位學生住院期間，只要遇到訓練空檔，我和吳念芝老師都會去看她，有吳老師在，不擅言詞的我比較不會尷尬。有一次，吳老師買了豆花餵她吃，我看了就逗她說：「來，吳老師，讓我來餵。」學生突然瞪大眼睛，害怕的說：「教練，不用了，我自己吃啦！」她沒有笑出來，但倒是被我嚇得精神恢復了不少。

學生病癒後，校長希望她停止練習，安心回教室上課就好。不過每當練習時間一到，這位同學還是會準時坐在拔河場邊，就算沒有辦法和大家一起練習，她也會說：「教練，我想幫忙。」看著她一直坐在場邊幫大家加油，對場上的選手來說，比啦啦隊還讓人振奮。後來這位同學診斷確認是腦部疑似細菌感染，在服用類固醇後已經康復了，如今也升上臺師大，繼續和我們一起努力。

最佳默契團隊

在這個團隊裡，每每我遇到困難時，總會主動有人幫忙補位、張羅，讓團隊的運作順利且有力，而這一切都是大家互助補位，完全不用任何人指派。

如果有學生在練習的態度上有問題時，同學和學姐是很好的探測器，如果同儕之間也問不出個所以然，我就會求助於吳念芝老師。幾次出國比賽都是吳老師擔任隨隊管理，自然也和隊員們建立起好交情。

之前有一位學生，在比完冶力關的邀請賽之後，一句話也沒說就不來練習，學校好不容易由臺師大張少熙院長的大力協助下，爭取到的臺師大保送機會，她也不去念。我很納悶的打了不下十通電話、發了簡訊，她就是不肯回我。最後，還是靠吳老師找到學生懇談後，才弄清楚原來學生覺得我太兇，讓她決定放棄拔河和進入臺師大。雖然我們都已經盡力了，卻還是沒有辦法勸她回來，我心裡很受傷，卻無能爲力。

不過，比起我這個粗聲粗氣的教練，女孩們嘰嘰喳喳的找吳老師傾吐心事，往往更能找出事情的關鍵所在，所以一旦學生有心理輔導上的疑難雜症，還是得請吳老師幫忙。

在景美師大聯隊裡，還有兩位超級啦啦隊隊長，景美女中的林麗華校長和臺師大的張少熙院長。

林校長對拔河隊的付出自然不在話下，而擅長激勵團隊的張院長，在我們練習得辛苦或輸了比賽之後，只要簡單的幾句話，就能適時地讓學生減壓與得到正向的鼓勵。

二〇一二年瑞士的室外拔河賽，隊員們在烈日下曝曬苦練，張院長看了心疼，就用寶特瓶盛了瑞士冰涼的自來水，一邊將水拍在選手的肩頭和脖子上，一邊勉勵大家：「勝利之水天上來，成功之路自己來。」當場讓汗流浹背的緊繃選手們得到舒緩。

那次比賽，有一位隊員因爲腳傷，並不在這次瑞士室外拔河賽的練習陣容裡，她也一直以爲自己沒有機會和隊友們一起出國。就在比賽前一星期，我跟她說：「準備好，一起去瑞士！」一直以爲自己要留守學校的她，當場就哭了。

在瑞士比賽期間，雖然她沒有上場的機會，但願意幫著大家買午餐、做午餐、拍攝DV、擦繩子和看管東西。空檔時，她也會去觀察其他國家的比賽。回國之後她在心得中寫著：「很多次我都想問郭老，爲什麼會想帶一位沒有參與室外練習的選手出國？後來我知道了，原來是要我親眼看著大家不放棄的贏得勝利，才會想在下次也一起參加這麼棒的比賽。回來之後我一定會更加努力、好好練習！」

的確，這些勝利的果實，都是由愛護團隊的心所凝聚而成的，感謝這些最好的團隊夥伴，和我一同栽植澆灌，豐穫摘收。

23. 拔河，是堅持

寧願燒盡，不願朽壞，即使自己不夠好，也要盡全力去做。

——周渝芳

想走又走不掉的心

三十秒，是拔河隊新生的極限。現在隊上有好幾名很厲害的選手，都是從突破這一關開始。以前，有些沒有練過拔河的隊員上場練習時，每當超過三十秒就開始想哭；現在，每一段長達五、六分鐘的練習，都是一段咬著牙挺過來的堅持。

有一位學生，是我的拔河啓蒙恩師——蔡三雄牧師在淡江中學拔河社團的學生。在國中某一次的拔河比賽中，她邀請父母來加油，偶然看到了景美女中拔河隊的表現，驚覺拔河的美，於是不顧父母反對加入景美女中拔河隊。

但是或許是三十秒魔咒應驗了，還沒正式開學，只練習了幾天她就常常蹺練，藉故家裡有事不來，過不了多久就想退團轉學。因爲這孩子的身材條件相當好，又是恩師的學生，於是我拜託蔡牧師幫忙勸留，而學生的媽媽也說這是她自己做的決定不能輕易放棄，才讓她留下來。

到了高二升高三的暑假時，有一次我知道她因爲感情的事耽誤練習，大爲光火。不顧當時在練室外拔河的場地邊，天空正飄著雨，把她狠狠地罵了一頓。事實上，她當時已經是得過金牌的選手了，拔河能力又極好，要她離開其實是隊上的損失，但我仍然堅持叫她退隊，沒有任何轉圜的餘地。當天，她站在河道旁足足哭了一個多小時，寧願淋雨也不願離開。事後，她告訴我不會再這樣了，要留下來專心練習，我才答應讓她回來。我想，拔河對這些女孩子來說眞的有股魔力，想走又想不掉的心應該也是堅持的過程。

氣喘吁吁，就是要拔河

女孩們的堅持還不僅止於此，「拚了命想練」不是形容詞，而是眞實的行動。隊上有少數幾位選手患有氣喘，雖然適量的運動有助於病情的改善，但是在參加世界性大賽之前的訓練強度，絕不僅止於「有益身體健康」那麼簡單。

一名就讀國立體大的學生加入景美聯隊之後，一直都很認眞地練習，本身的能力和先天條件都相當不錯，有力量、聰明、技術反應好，能聽得懂我在講什麼，並很快地做出對應的動作。二〇一一年底的蘇格蘭世界盃選拔賽時，在預賽中我們以0比2輸了，也許是壓力和緊張誘發氣喘發作，我發現她在場地後面喘得很厲害，趕緊叫同學到她的包包裡找藥緩解癥狀。

隔年要去瑞士參加室外賽之前，我特別對她說，瑞士天氣比臺灣冷，她得留意自身安全，如果再發作一次，就不要再練了。話才說完沒幾天，因爲疲累和壓力雙重因素下，她又在練習時發病，急得大家找學校的護士來處理才恢復。等她症狀減緩之後，我立刻請她以後不要再來練習了，她又重演在一旁哭著不肯走的戲碼，我實在是沒轍，也只能轉頭裝作沒看見。

隔天練習時，她居然又準時出現在拔河場上，對於這樣不肯輕言放棄、能力又很好的選手，我實在是無法鐵了心叫她離開，只好跟她約法三章，日後練習時，必須把治療用的擴張劑隨身帶著，要讓我看了才准練。出國比賽前則要先去公立醫院開好英文證明，在藥檢驗尿時主動交給相關人員說明這是遵守醫囑，以免被驗出禁藥成分造成禁賽。

對於女孩們的堅持，有時不知道該佩服還是該說她們膽子太大，身為教練我一邊支持，一邊則是提心吊膽；畢竟她們的父母把她們交給我，萬一出了意外，我是無論如何都賠不起呀！

不輕言放棄的砥礪

或許堅持會傳染，有了我這樣固執的教練，就會有這樣堅持的選手。她們不輕易放棄拔河的精神，也讓我更不敢輕言放棄我的選手。有些資質比較差的選手，花上一、兩年的時間，耐心的去利用拔河機使她們的動作定型，幫助她們理解什麼才是百分之百的標準動作；而遇上聰明或能力好的選手，就得想要怎麼多幫她們培養一些專長。

有一屆學生裡，我看到其中一位拔河選手的身材條件很不錯，就問她要不要利用上課和拔河練習的夾縫時間，多練一樣田徑賽裡的鐵餅項目；爲了怕她一個人練缺乏動力，還找了另一位同學陪練。我心裡想著，多花這兩個小時，如果她能在拔河專長之外，又多了一個鐵餅的成績，將來對她可能會有幫助。

練了沒多久，她就在全國中等學校運動會拿到第九名，以半路出家的人來說，這算是還不錯的成績，相信假以時日訓練，應該能更上層樓。事後她卻告訴我不想再練鐵餅了，還是專心拉拔河就好。原來，她不是怕累或辛苦，而是在練習鐵餅時，我從頭到尾盯著她一個人監督、糾正動作，比在拔河隊時的壓力還大。回到拔河隊裡，雖然我仍然不停地罵人，但有其他隊友的「分攤」，至少壓力沒那麼大。我不禁想，拔河眞的是比其他單項競賽的運動更需要團隊的力量，就連「被罵」都有人可以分擔。

拔河的魔力，對我並不盡然是正面的影響，隨著成績越來越好，讓我和別人衝突的機會增加，有時候難免會有負面情緒。但是看到學生的堅持和各界的關心，又會讓我重燃對拔河的熱情。也是這些因爲正向的壓力，讓我不停地說服自己，不能中斷和選手們一同拚出來的好成績。雖然以後一定會有更多的挫折等著我，但是有這一群不放棄的女孩們同行，我還有什麼好怕的呢?!

24. 拔河，是串連關懷

感謝所有幫助我們這群小女孩圓夢的每一個人，謝謝您們！我們做到了！

——李洳君

助人的心意，無價

不知道從何時開始，拔河成為我生命中最重要的事。在拔河隊還沒有什麼名氣的時候，我們只是一個學校團體；如今，我們的生活同樣是重複著每一個看起來單調的動作，但是因爲有了四面八方湧入的關心，在乏味的練習生活中不停地被激起善意的漣漪。

第一次出國比賽前，學校附近的里長，不曉得從哪裡聽到風聲，興沖沖的帶著現金來見校長：「校長，你們要出國比賽對不對？這是一點心意，你們出國辛苦了。」其實他並不是景美女中的學生家長，只是想到這麼多人要出國比賽一定很缺錢用，便大方地把錢捐出來，這樣支持的行動和心意，比實際的金額還無價。

然而，這些對景美女中拔河隊的關心，並沒有隨著學生畢業後離開而消褪。在高中階段，校長四處募款來的「晨曦基金」，是來自弱勢家庭學生的救星；順利保送大學之後，學費上無法再得到景美女中幫助，於是學生們開始想辦法申請政府的助學貸款，等日後就業有能力再償還。透過校長的人際網絡，有些善心人士知道這個情況，要求以不具名的方式，跟學校要了大專生們的繳費單據，幫忙把助學貸款繳清。甚至，有好幾位小孩已從景美女中畢業多年的家長會長還是不斷的幫助我們。

從南非比賽回國之後，有一位在當地才認識的臺商寫信問我，有沒有比賽經費短缺的問題，他很願意幫忙。不過由於接下來沒有立即的比賽需求，我在信裡據實以告，並謝謝他的盛意，但也說以後如果需要資助，還請他多多幫忙。後來，這位臺商贊助了同樣至南非比賽的南投高中，他對臺灣拔河運動的熱情相助，令我印象深刻。

二〇一二年我們從瑞士比賽返國時，在國外的機場碰上飛機誤點，因爲航班調度，我們在機場等了一陣子。這時候巧遇一位校友，校長和她在言談中知道她是景美女中畢業的校友，當下她即大方的送了很多餐券給選手們。平日乖巧的學生不知該不該拿，紛紛露出徵詢同意般的眼神看著我，看我沒有反對，她們才敢收下。回國以後，這名熱心的景美學姐，還不忘打電話來詢問學校的捐款帳號，隨後匯款二十萬元給拔河隊當做經費，這遠度重洋的心意，讓大家驚喜不已。

關懷永不嫌多

幫助和關心是永遠不嫌多的，金錢上的資助只是眾多方法之一，還有人選擇以實際的行動來支持，同樣讓我覺得溫暖。

「工欲善其事，必先利其器」，市價三千五百元一雙的拔河鞋，是練習中的消耗品，也是我們最重要的裝備。平均兩個月就得淘汰一雙，拔河衣還能縫縫補補，但是鞋子如果磨損到了一定程度就沒辦法用了。汰換時，如果只是壞其中一隻鞋，我們會保留還能使用的另外一隻鞋。在練習時，偶爾能看到學生左右腳穿著新舊程度不同、或者款式不一樣的拔河鞋。

有製鞋廠商知道我們這樣的情況，甚至願意開發相對冷門的拔河鞋。例如某個知名球鞋大廠代工集團臺商邱錫榮大哥，工廠在對岸，家住桃園，素昧平生的他，主動跑到學校來表示願意長期提供我們拔河鞋。而已經是知名品牌的阿瘦皮鞋，也花了將近一年的時間研發防滑的拔河鞋，並在二〇一二年耶誕節前夕用約一百五十雙的「愛的拔河鞋」堆積出一棵「愛的聖誕樹」當作聖誕禮物。這些拔河鞋對我們來說眞是如雪中送炭般的珍貴。

溫暖不分大小，送藥給我們的阿嬤同樣讓我們感念在心。

某天早上，校門口出現了一位阿嬤，說是要送東西給拔河隊的學生們，因爲我不在學校，就由體育組謝再益組長出面招呼。年邁的阿嬤，大老遠從新莊一個人騎摩托車到木柵，她說，看到電視裡面的學生很辛苦，練這個會把小孩子身體都練壞了，於是拿出一張中藥方子，吩咐組長要按時煎這帖會氣血通暢的藥給學生喝。再拿出一條藥膏，說可以保護女孩們手上的厚繭，擦了就比較不會受傷。

而除了校園之外，學校的老師們對女孩們也都照顧有加。二〇一〇年義大利世界盃國手選拔的比賽，當景美取得國家隊資格時，去加油的體育組林水足老師當場發給選手每人一百美元獎金，田珮甄老師也贈送每人一只運動用旅行袋，讓選手出國可以使用，在出國比賽之前，也有像李敏芳老師一樣，主動發了爲數不少的超大紅包給拔河隊的每位選手們及教練和管理當作出國時的零用金。而學校家長會也是盡力的幫忙募款甚至準備出國的糧食，還有已經畢業、回來參加聯隊學生的高中導師，也特地在學生出發比賽之前跑到校門口爲她們加油打氣。

這些關心，在在被這條三十六公尺長的馬尼拉繩串連起，它不只承載了我的理想、學生的未來，還替我們串連了很多可敬的、可愛的、知名的和不知名人士的關懷。謝謝你們，因爲你們，我們這雙握住繩子的手，更不能鬆開了。

不放手，直到夢想到手

吳念芝（景美女中體育老師，拔河隊隨隊管理）

拔河是一項夥伴關係很強，需要技巧、耐力，以及相信隊友的群體運動。

女孩們第一次出國比賽

在大學時，我的專長是網球，雖然班上有拔河專長的男同學，但我對於這項運動不甚了解。直到二〇〇三年到景美女中當體育老師，才發現，原來女生拔河也可以拔得這麼好。

也因爲是體育老師，班上有幾位拔河隊的同學，時常會於課後來找我聊天。二〇〇九年的某一天，應同學熱情的邀約，我去看了一場在彰化的中正盃比賽，幫她們加油。在現場，隨著女孩們的吶喊聲，我深深被震撼到了，才發現在體育課上那些愛開玩笑的學生，一上場，竟如此的專注與努力。

也在當年，我擔任學校的體育組長，拔河協會正好下修國手年齡，拔河隊的女孩們拿到了出國比賽的機會。第一次出國比賽，無論之前有沒有出國經驗，選手們難免會緊張，旋即有許多問題找上我。

「老師，比賽的隊伍有哪些呀？這流程表上寫英文，我不知道是哪個國家耶。」

「老師，當地的天氣怎麼樣呀？會不會很冷？要帶甚麼去呀？」

我除了一一解答她們的問題之外，也開始關心她們日常生活，之後更是在每一場比賽都隨隊出國。由於我的英文還算可以和外國人溝通，所以有些問題，我也充當一下翻譯，說明給教練和學生聽，久而久之，儼然成爲這個團隊的管理。

往往在出賽前練習期間，女孩們總是很緊張，加上覺得郭教練很兇、很嚴格，有時會抱怨：「我們已經很認眞了，爲什麼教練還是不滿意，一直罵。」老實說，我幫不上什麼忙，只能安撫她們。我以前曾經是網球選手，參加過國際賽事，只能以過來人的經驗告訴她們：「雖然你們已經很好了，但比賽原本就是要讓自己比平常更好。原本一百分的實力，很有可能因爲場地、氣候等種種不適應，讓戰力降低至八成，甚至五成。」體育選手在練習期間，一定有低潮，撐過去就好了。

我不知道孩子們當下聽不聽得進去，但至少她們願意說出來。當然，有些練不下去的同學來找我談，我也同樣的建議她們未來的路該怎麼走。有些直接不見了，我和郭教練只能一通通打電話找人，或問比較熟的同學。

曾經，有兩位同學眞的不見了。該練習的時間沒有出現，找到後詢問原因，一位說練習太苦撐不下去，一位說媽媽覺得練拔河未來沒有發展，不如高中畢業就去工作。後來，兩位同學雖然都留了下來，也升了大學，但每每想到家長說：「練這個又不能當飯吃，妳能保證她大學畢業出來之後有工作做嗎？不如現在去工作。」我們就感到十分無奈。

這條繩子是妳通往未來的機會

的確，每位學生想法不同，家庭的狀況也不同，勉強沒有意願的學生看似沒有意義，但是，這是一條出路，一條或許可以繼續讀書的路，能不能找到好工作當然是靠學生自己，我們所能做的就是盡可能讓她們拿到讀書的機會。會留下來繼續練習的學生，多半是比較有想法，知道自己未來要做什麼的女孩。有了

「拔河」這項專長，進大學後就不用浪費時間找專長；這條「繩子」不是阻礙，是妳通往未來的機會。

這當中也遇到同學身體有狀況，印象最深的一件事是，有一位同學突然走路無法平衡，一開始找不到病因，我們陪她去醫院檢查。那天，在臺大醫院病房，她需要抽脊髓液，看著好長的針反覆插進她的背部，來回六次，隨著她的哀嚎，我一邊鼓勵她一邊眼淚也忍不住掉下來。

隨隊出國這麼多次，南非那次讓我最難忘。這是我們第一次參加室外國際賽，比賽的場地海拔很高，選手們在練習期間就一直說快呼吸不到空氣，很不舒服。到了正式比賽，沒想到我們學生一路過關斬將，最後擊敗連續五年國際賽的冠軍隊伍——瑞典。這是臺灣第一次拿到國際室外賽冠軍，也是亞洲百年來第一次有國家拿到國際室外賽冠軍。看著她們在比賽中場一邊吐一邊哭，一上場，那嘶吼聲又震天價響，我心想：這冠軍，拿得實至名歸。

以前，我不知道爲什麼女孩們的手腕總是一道一道痕跡，手指心總是像甜不辣一樣胖胖的。直到有一次參與全民運動會，跟同學們一起練習，我才知道，那痕跡，是自己的手摩擦造成的；那鼓起來的手指心，是握繩時手指用力擠壓出來的。

我心疼於女孩們的辛苦，也期望她們知道這些好成績除了自己努力之外，也因爲有很多人幫忙。我們很幸運，義大利之後忽然變成臺灣之光，但又擔心學生因爲這樣而沾沾自喜。雖然還沒有發生，但冠軍之後，我們確實背負著更大的使命。要感謝捐款的校友以及所有的贊助廠商、及許多默默支持我們的人。

我一直對這群女孩們很有信心，也很佩服郭教練可以讓選手有很好的技術，如果對學生來說贏是應該的，輸對她們來說就是試煉。

記得義大利回來，當年的體委盃，之前都沒有輸過的她們，輸給了大里高中。學生比完當場在場邊大哭，郭教練對她們說：「贏了，高興一下就好；輸了，也難過一下就好。重要的是，我們要迎接下一場挑戰。」女孩們聽完後紛紛擦乾眼淚，振作練習，不敢懈怠。之後在蘇格蘭世界盃室內賽順利選上國手，並包辦世界盃室內賽女子二個級別及混合組共三項錦標賽冠軍。

最後我想說，能加入拔河隊，我與有榮焉；她們得榮耀我很開心，不順利我也很難過。希望同學能對拔河一直保持熱忱，繼續下去。也希望郭教練能隨時調適好自己的心情，將無論是成績壓力，還是外界批評，都化成前進的動力。

拔河是群體的運動，夥伴的關係很強，是一項需要技巧、耐力，以及相信隊友的運動。女孩們，記得要相信自己也相信別人，不放手，直到夢想到手。

力量，在我手上！

李匀錡（臺師大體育系四年級，拔河前位）

學拔河，學禮貌，學不放棄。

至二〇一九年，我進入拔河隊已有七年。我本來就愛運動，國中曾經是拔河隊的候補選手，但從未接受過正規的拔河訓練。國中畢業時，老師問我喜不喜歡拔河，就推薦我考景美女中拔河隊。雖然我很幸運考過了，但一進拔河隊總是跟不上團隊，所以在「個人技術」這部分訓練了很久，要練體能、重訓和跑步我可以，但是拔河的技術就是比大家差，教練認爲搭配團隊我還不行，讓我感到挫敗。

很多媒體報導過師大景美拔河隊的故事，還有瑤瑤也拍過電影《志氣》，看過的人都知道郭老非常嚴格，幾乎可能天天都被罵。要是全隊拉不好，教練就會罰整隊青蛙跳。高一時很想放棄拔河隊，因爲手破皮，又很菜，拉得很差，常被教練罵，學姐也很嚴厲，常常回到宿舍就掉眼淚，覺得自己爲什麼要那麼辛苦。那個時候不是很能承受嚴格的要求，甚至連郭老要我們看到老師主動說「老師好」，都不太習慣。在這裡不是只有學拔河，還要學禮貌。幸好有吳老師和學姐的鼓勵，加上爸爸不喜歡我輕言放棄，還跟教練說對我兇一點沒關係。

我是很容易緊張的人，比賽時看到教練更緊張，因爲我知道自己拉不好。高中三年，每逢比賽都會緊張到吐，平常練習時並沒有那麼差，要比賽上場就不行。到了高三，突然有一次比賽不會再緊張到吐，後來整個都好了。

在「後退」中持續進步

很幸運高一就出國參加國際賽，記得那是二〇一四年的蒙古亞洲盃室內、室外拔河錦標賽，雖然我們都拿到冠軍，但是我比賽經驗很少，正式比賽時狀況就很慘，拉得很差。拔河有固定的姿勢，可我的姿勢很容易變形；一旦姿勢變形，便造成手或腳無法施力，全隊就會卡在我這裡，沒辦法讓後面的人出力。比賽結束，隊友都在爲勝利狂喜時，我是被教練砲轟一頓的。按理說，第一次以國手身分參加比賽，應該會很興奮，但那次到蒙古，我只記得路上有牛，晚上七、八點天還是亮的，一到九點就全部暗掉，其他什麼都不記得，心裡想的全是「回去以後該怎麼拉才拉得好」。

二〇一七年在波蘭世界運動會是我最難忘的一場比賽，這也是拔河最高層級的賽事。因為拉繩狀況不佳，那場比賽我未被列入選手名單，後來有兩個選手受傷，教練就讓我上場。比賽前，整隊的狀況也不好，而且那一年我的動作也做得很差，老是被罵，中間教練一直給我們信心，到了波蘭，大家的狀況都變得很好了。室內賽是跟中國比，過往我們不曾把她們拉過來超過四公尺，但那年人高馬大的中國隊被我們狠狠拉過來四公尺。那場比賽獲得冠軍之後，我才有勇氣把第一次去蒙古比賽的影片拿出來看，意外發現自己這些年其實已經進步很多。

七年來，雖然不像同齡女孩能夠每日精細打扮，儘管有時也想跟大學女生一樣好好妝點自己，但現在對我最重要、也最想做的就是待在拔河隊，當個勇敢快樂的繩力女孩。

爲了團隊，我們成了減重專家

李庭瑄（臺師大體育系三年級，拔河後位）

無論拉得好不好，每天都要讓自己「歸零」，重新開始。

我是個天生吃貨，如果不能吃，我會很厭世。不訓練、不比賽的時候，我最喜歡跟勻錡去吃燒烤。

在拔河的各種訓練中，減重對我而言是最困難的。國一下參加完班際拔河隊的比賽後，體育老師問我要不要加入校際拔河隊，我想反正拔河完可以多吃一點，就參加了，同時從普通班轉到體育班。國中畢業後，我的學科成績沒有達到公立高中錄取標準，由於私立學校的學費很貴，所以決定報考景美女中拔河隊，也幸運地考上了。

因爲我體重較重，肌耐力較強，所以擔任後位。平常練習時要增重，到了比賽時爲了配合團隊便要把體重降下來，拉繩的負擔才不會那麼大。訓練時減重是最痛苦的，因爲訓練結束後沒有下一餐，只覺心情超差，人生超沒方向的。平時我脾氣就不太好，尤其肚子餓、不能吃東西時，更容易暴走。

瘦最多的是二〇一七年波蘭世界運動會，我半年減重二十公斤，發現自己瘦下來挺美的。當時一天只吃一餐，早上起床吃雞胸肉、水煮蛋和燙青菜，中午去騎飛輪，晚上跑步和團隊訓練。訓練時必須壓抑食慾以及餓的感覺，更不能偷吃，因爲會馬上反應在體重計上，騙不了人。跑步是我最討厭的訓練，教練要大家每次跑十分鐘或十圈，三十分鐘要跑完五千公尺，而我跑步超慢，爲了減重還得增加跑步次數，就算不喜歡訓練，還是要面對。有時候會想，可以假裝腳痛不跑嗎？但我又裝不出來，良心也過不去，那還是乖乖跑吧！那時候的我是「小虎」，現在是「胖虎」，又復胖十多公斤。

要過磅成功，隊友也瘋狂！

拔河隊上，除了我這個「不准吃就暴走」的吃貨減重時很殺之外，像嘉蓉有次比國內賽，她必須在一個月內減重八公斤，而且要穿禮服出席宴會。記得她說自己「無法不吃東西」，她寧願吃，吃完再穿著雨衣去跑步，增加熱量的消耗。她早、中、晚眞的都去跑步，早上喝牛奶，中午吃布丁，晚上吃更少，完全不吃澱粉，就這樣達標了。

有的比賽，整隊八個人不能超過五百公斤，所以我們在比賽前要減重。到了比賽前一天會過磅，過磅完大家才吃東西。二〇一八年南非世界盃室外拔河錦標賽，我們兩星期要減重九公斤，我和匀鋕比賽前三天就只喝水，再去遠紅外線的烤箱烤；然後增加跑步次數，到了比賽前一天連水也不喝，最後成功過磅。

磨去一些皮肉，挨一些疼，換得勝利

第一次出國比賽是升高二時，到北愛爾蘭參加二〇一五年歐洲盃室外拔河錦標賽，當時練習就練得不好，每天練習都會被教練罵，被罵完立馬得去加強，每天都很累，超級痛苦。我是隊上有名的玻璃心，一被罵就忍不住哭。覺得委屈時，打電話給姐姐哭訴，姐姐只是淡定地回我「是喔」，然後就掛電話；要不就反問我，退隊之後妳要幹嘛，我說不知道，姐姐會說「那就繼續練」。最後，我撐過去了，愛爾蘭那次比賽，我們得到了冠軍。現在想起來，姐姐還眞是我的貴人。

二〇一六年在荷蘭舉行的世界盃室內拔河錦標賽，錦標賽輸了給中國，我參加的是五百公斤和五百四十公斤的公開賽，雖然都得到金牌，但比賽時我在後位反應很慢，拉得很不好，我不只往後退還跌倒，而我後面沒人，把前面的隊友嚇死了，因爲影響到前面的隊友很難使力。事後，學姐不客氣地說她「眞的眞的很想打我」。

其實拔河就如逆水行舟，「不進則退」。再有基礎、有再多經驗，不持續努力練習，還是會拉不好。最好的方法就是，無論拉得好不好，每天都讓自己歸零，重新開始，把每個動作都做紮實，即使雙手磨破一些皮肉，流了血、長了繭，卻能換來團隊比賽冠軍，我認爲非常值得！

放棄，比堅持難！

田嘉蓉（二十二歲，現爲景美女中體育實習老師）

拔河隊的價值是：個人會想幫團隊，團隊也會幫助個人。

我是個很要強的人，練習時每個動作、每個細節都盡可能要求完美。我覺得我做得到，其他人一定也做得到。

之所以對自己要求這麼高，是因爲教練和學姐給我們的觀念是：師大景美拔河隊是國家代表隊，而不是校隊。所以，我在練習時會竭力做到最好，拉不好被罵時，我會虛心地謝謝老師、謝謝教練，然後利用休息時間自己再加強。我喜歡活在當下，被罵完繼續努力練習，我也是個行動派、樂觀的人，即使受傷也從未在隊友面前掉眼淚。

拔河遇到最大的瓶頸，是二〇一五年北愛爾蘭歐洲盃室外拔河錦標賽那一次。記得練習時我的姿勢始終不正確，出國前兩周，右腳韌帶因姿勢不對造成撕裂傷而被換掉，無法跟團隊出征北愛爾蘭，當時心裡眞的滿難過，那次的傷讓我足足休息了一個月。在拔河隊，沒有人沒有受過傷，有些人受傷了就覺得「啊！慘了，我受傷了」，然後就退隊；有的人覺得「我受傷要趕緊復健」，就讓自己休息一兩個禮拜努力復健，然後可以上場搭配團隊；也有人覺得「受傷就要休息個一年半載」才行。其實，拔河隊有長庚醫療團隊協助，在受傷第一時間就能及時幫我們做最好的處理，所以我認爲最重要的是，心態必須調整好。

就是要跟團隊「在一起」

以前的我個性非常叛逆。到拔河隊之後，教練教的不只是運動技巧、體能訓練，更是讓自己一生受用的事。比如教練要我們說「老師好」，比賽贏了不張揚、輸了不喪志，這些小地方的要求都將對我們一生影響深遠。又比如團隊練習氣氛好，也讓大家在辛苦訓練之餘感到開心。

拔河隊全數共八人，基本上按照身高排序，第一、二位主責是打散對方的力量，以及給對方施加壓力。第一位發號施令，第七、八位則是把繩子堵緊。第一、二位的臂力要夠強，站中、後位的選手負責預防被對方拉高起來，把我們的力量抽走，所以要適時做加壓動作。我通常是站在第七位。

無論平常練習得多好，沒有經過正式比賽試煉，就無法確知團隊的實力。二〇一六年在瑞典舉行的世界盃室外拔河錦標賽的分齡賽，規定二十三歲以下的選手可以參加，所以都是學妹上去拉。第一局是跟南非隊比，我們拉了九分鐘，有三個人坐地上犯規，所以輸了。一般正常是兩分鐘決勝負，但那次兩隊僵持了九分鐘，後來輸掉第一局。第二局和第三局都是拉五分鐘，兩局都是我們拉過來四公尺贏了南非隊。當時我就直覺我們會贏，理由是平常訓練時教練就要求拉十分鐘。這是教練第一次看到我們在國際比賽可以撐到九分鐘，所以第一局輸了教練沒有生氣，還鼓勵我們：「可以贏的。」賽後，我們一致認爲南非隊後來會輸，應該是體力消耗殆盡，沒力了。拉贏實力堅強的南非隊，我們團隊的氣勢和信心都上來了。

我為拔河而生

拔河隊的價值就是：個人會想要幫團隊，團隊也會幫助個人。

二〇一七年參加波蘭世界運動會時，我們必須要減重。因爲害怕團隊體重不能過關，所以我們從搭飛機就開始減食或禁食。

到了波蘭，大家放下行囊，旋即繞著飯店外圍跑四十分鐘。跑完後，我發現自己吃什麼就吐什麼，還跟隊友開玩笑說我要表演魔術：「妳們看，我現在喝綠茶喔……」然後立刻吐出來。原本不以為意，到了隔天發高燒，除了吐出食物、水，最後還吐血。隊友陪我走一小時的路到市中心，那裡有長庚醫療團隊的護理員在，檢查知道是胃食道逆流，就幫我打針，當天吃了五顆藥後，全身癱軟無力。

第三天過磅比賽，我剛好也有受傷，所以從大腿整個包紮到腰部。熱身時完全沒有力氣，我心裡很想跟教練講「我不行」，但學姐把我拉到旁邊說：「撐過去就是我們的。」所以我還是硬著頭皮上場比賽，因為全身沒力，就靠前後隊友幫忙。其他隊友是後來看影片時，才知道我比賽時的狀況不好。

二〇一八年在中國江蘇徐州的世界盃室內拔河錦標賽，那次我妹妹（田嘉欣，大三，現任拔河隊長）說她的臉很癢，過沒幾分鐘，她的整個臉就腫脹、變形，是嚴重過敏，但還是堅持拉完全程。預賽的時候我們全勝，到了決賽，第一場比賽輸給人高馬大的中國隊，但是郭老鼓勵我們：「景美師大拔河隊向來都是逆轉勝。」結果後面的兩場都贏了，大家都很開心。

這兩場是我最難忘的比賽。

拔河隊的每個女孩，無論愛美或不愛美，當我們雙手伸出來，掌心都有著因拉繩產生的厚繭，手指關節變形，手腕也因拉繩的摩擦腫起一大塊，我們的上衣也被粗礪的繩子磨得碎爛，鞋底被磨平——但爲了拔河隊的成績和榮譽，我願意，相信團隊的其他女孩們也都願意。

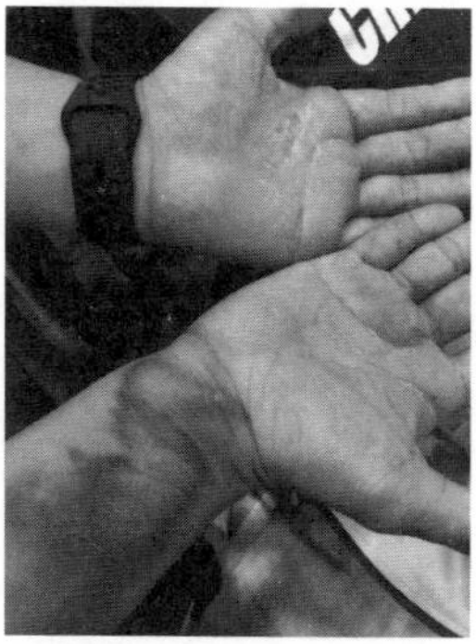

國家圖書館出版品預行編目資料

不放手，直到夢想到手：景美拔河隊從51座國際賽事冠軍盃中教我們的24件事 / 景美女中拔河隊著. -- 初版. -- 臺北市：春光出版：家庭傳媒城邦分公司發行, 2013（民102.01）
面； 公分
ISBN 978-986-5922-15-3（平裝）
855　　101028018

不放手，直到夢想到手：
景美拔河隊從51座國際賽事冠軍盃中教我們的24件事

作　　者／景美女中拔河隊
企劃選書人／林潔欣
採訪整理／許淑娟、林潔欣、張幸雯
責 任 編 輯／林潔欣、李曉芳

版權行政暨數位業務專員／陳玉鈴
資深版權專員／許儀盈
行 銷 企 劃／陳姿億
行銷業務經理／李振東
副 總 編 輯／王雪莉
發　行　人／何飛鵬
法 律 顧 問／元禾法律事務所　王子文律師
出　　　版／春光出版
台北市104中山區民生東路二段 141 號 8 樓
電話：(02) 2500-7008　傳眞：(02) 2502-7676
部落格：http://stareast.pixnet.net/blog
E-mail：stareast_service@cite.com.tw
發　　　行／英屬蓋曼群島商家庭傳媒股份有限公司城邦分公司
台北市中山區民生東路二段 141 號11 樓
書虫客服服務專線：(02) 2500-7718 / (02) 2500-7719
24小時傳眞服務：(02) 2500-1990 / (02) 2500-1991
讀者服務信箱E-mail: service@readingclub.com.tw
服務時間：週一至週五上午9:30～12:00，下午13:30～17:00
劃撥帳號：19863813　戶名：書虫股份有限公司
城邦讀書花園網址：www.cite.com.tw
香港發行所／城邦（香港）出版集團有限公司
香港灣仔駱克道 193 號東超商業中心 1 樓
電話：(852) 2508-6231　　傳眞：(852) 2578-9337
E-mail : hkcite@biznetvigator.com
馬新發行所／城邦（馬新）出版集團　Cité (M) Sdn. Bhd.
41, Jalan Radin Anum, Bandar Baru Sri Petaling,
57000 Kuala Lumpur, Malaysia.
電話：(603) 90578822　傳眞：(603)90576622
E-mail：cite@cite.com.my

照 片 提 供／吳念芝、王悅珉
封 面 設 計／斐類設計
內 頁 排 版／極翔企業有限公司、徐思文（彩頁）
印　　　刷／高典印刷有限公司

■ 2013 年（民 102）1月 29 日初版
■ 2019 年（民 108）11月 28 日二版
Printed in Taiwan

售價 / 320元

書名授權

城邦讀書花園
www.cite.com.tw

ISBN　978-986-5922-15-3

廣　告　回　函	
北區郵政管理登記證	
台北廣字第000791號	
郵資已付，免貼郵票	

104台北市民生東路二段141號11樓

英屬蓋曼群島商家庭傳媒股份有限公司

城邦分公司

請沿虛線對折，謝謝！

遇見春光・生命從此神采飛揚

春光出版

書號：OK0089X　書名：不放手，直到夢想到手：景美拔河隊從51座國際賽事冠軍盃中教我們的24件事

請於此處用膠水黏貼

讀者回函卡

謝謝您購買我們出版的書籍！請費心填寫此回函卡，我們將不定期寄上城邦集團最新的出版訊息。

姓名：______________________________

性別：□男　□女

生日：西元__________年__________月__________日

地址：______________________________

聯絡電話：______________　傳真：______________

E-mail：______________________________

職業：□ 1. 學生 □ 2. 軍公教 □ 3. 服務 □ 4. 金融 □ 5. 製造 □ 6. 資訊

□ 7. 傳播 □ 8. 自由業 □ 9. 農漁牧 □ 10. 家管 □ 11. 退休

□ 12. 其他 ______________________________

您從何種方式得知本書消息？

□ 1. 書店 □ 2. 網路 □ 3. 報紙 □ 4. 雜誌 □ 5. 廣播 □ 6. 電視

□ 7. 親友推薦 □ 8. 其他 ______________________________

您通常以何種方式購書？

□ 1. 書店 □ 2. 網路 □ 3. 傳真訂購 □ 4. 郵局劃撥 □ 5. 其他 ______

您喜歡閱讀哪些類別的書籍？

□ 1. 財經商業 □ 2. 自然科學 □ 3. 歷史 □ 4. 法律 □ 5. 文學

□ 6. 休閒旅遊 □ 7. 小說 □ 8. 人物傳記 □ 9. 生活、勵志

□ 10. 其他 ______________________________

為提供訂購、行銷、客戶管理或其他合於營業登記項目或章程所定業務之目的，英屬蓋曼群島商家庭傳媒（股）公司城邦分公司，於本集團之營運期間及地區內，將以電郵、傳真、電話、簡訊、郵寄或其他公告方式利用您提供之資料（資料類別：C001、C002、C003、C011等）。利用對象除本集團外，亦可能包括相關服務的協力機構。如您有依個資法第三條或其他需服務之處，得致電本公司客服中心電話 (02)25007718請求協助。相關資料如為非必要項目，不提供亦不影響您的權益。

1. C001辨識個人者：如消費者之姓名、地址、電話、電子郵件等資訊。
2. C002辨識財務者：如信用卡或轉帳帳戶資訊。
3. C003政府資料中之辨識者：如身分證字號或護照號碼（外國人）。
4. C011個人描述：如性別、國籍、出生年月日。

請於此處用膠水黏貼